# TERRE DES AFFRANCHIS

DU MÊME AUTEUR

*Terre des affranchis*, Gaïa, 2009.

© Gaïa Editions, 2009
ISBN 978-2-7427-9526-0

LILIANA LAZAR

# TERRE DES AFFRANCHIS

roman

BABEL

Slobozia *(nom de lieu)*, du verbe *libérer*, *délivrer*, *affranchir*.

*à ma fille Paula*

# PROLOGUE

*Le roi ordonna que l'on jette Daniel dans
la fosse aux lions. Le roi dit à Daniel :
"Puisse ton Dieu (...) te sauver !" Daniel
resta six jours dans la fosse. Il y avait sept
lions auxquels on donnait tous les jours
deux cadavres humains (...) mais on ne
leur donna rien afin qu'ils dévorent Daniel. Puis le roi appela Daniel d'une voix
affligée : "(...) ton Dieu a-t-il pu te délivrer des lions ?" Daniel répondit au roi :
"(...) Mon Dieu a envoyé son ange fermer
la gueule des lions, et ils ne m'ont fait
aucun mal, car j'ai été trouvé innocent devant Lui."*

Daniel 6, 17-18 et 21-23 ;
14, 31-32

Une bonne demi-heure de marche dans les bois est
nécessaire pour arriver jusqu'au lac. Il faut d'abord
longer les collines qui surplombent Slobozia, et
s'enfoncer plus profondément dans les taillis de

hêtres et de chênes. A son approche, le sentier se fait sinueux, la chênaie devient plus dense. Puis quand le marcheur, convaincu de s'être égaré, songe à rebrousser chemin, soudain, au détour d'un bosquet, il l'aperçoit enfin : le lac. Un ruisseau qui serpente à travers les collines vient s'y jeter. Gonflé à la fin de l'hiver par la fonte des neiges, il n'est à la belle saison qu'un mince filet d'eau. Pourtant, jamais le niveau du lac ne semble baisser, si bien qu'il est impossible d'en apercevoir le fond. Tel un reflet des ténèbres, *La Fosse aux Lions* se déploie au milieu de la grande forêt moldave. A lui seul, ce nom sonne déjà comme un mystère. Les légendes les plus folles courent sur ce lac. Mais *La Fosse aux Lions* n'est qu'une appellation récente. Les plus anciens savent que, longtemps, ce lieu s'est appelé *La Fosse aux Turcs*. Dans ces confins des Carpates, pendant des décennies, plusieurs générations de Roumains ont repoussé l'envahisseur turc. L'histoire raconte qu'au XVIe siècle le prince Etienne le Grand, voïvode de Moldavie, a livré non loin de là une terrible bataille. Battus en retraite, les Turcs avaient tenté un ultime repli dans cette épaisse forêt en bordure du lac. Acculés jusqu'à la rive, ils furent tous poussés à l'eau et noyés par les soldats d'Etienne. Depuis, l'endroit est comme maudit. D'ailleurs, rares sont les habitants de Slobozia à oser s'en approcher. Une vieille coutume veut que l'on donne des noms bibliques aux lieux. Aussi, le lac avait été rebaptisé *La Fosse aux Lions*, en référence à l'effroyable épreuve que le prophète Daniel avait affrontée dans l'Ancien Testament. En rebaptisant le lac, les habitants permirent à *La Fosse aux Lions* d'effacer le souvenir terrible de *La Fosse aux Turcs*. Mais à voix basse, les vieilles femmes vous le confieront :

"La nuit, les ossements des soldats turcs, qui depuis des siècles gisent au fond du lac, remontent lentement à la surface."

Certaines affirment même que, par temps clair, elles ont vu leurs âmes tourmentées planer au-dessus de l'eau. On les appelle les *moroï*, les "morts vivants". Ces revenants sont des esprits mauvais qui viennent de l'autre monde, celui des morts. Les *moroï* errent dans les lieux abandonnés de Dieu, comme l'est sûrement *La Fosse aux Lions*. L'homme qui par malheur rencontre ces jeteurs de sorts reçoit le mauvais œil. Touché d'une profonde torpeur, il s'affaiblit de tout son être et voit ses forces diminuer, parfois jusqu'à la paralysie. Des comportements étranges animent le possédé, qui n'est plus vraiment maître de lui-même. Alors que certains restent cloués au lit, d'autres, touchés de lycanthropie, déambulent dans les forêts en hurlant tels des loups. Chacun a sa propre représentation des *moroï*. Si pour beaucoup ils ont forme humaine, pour d'autres ils sont semblables aux feux follets que l'on voit l'été aux abords des étangs.

Et des *moroï*, il y en avait forcément près de *La Fosse aux Lions*. Tous les villageois le croyaient.

C'est pour cela qu'aucune habitation ne bordait le lac. Les chasseurs le savaient eux aussi. Quand le gibier s'approchait trop près, la traque était abandonnée. Personne n'aurait osé poursuivre un animal jusqu'aux rives de cet endroit maudit. Pourtant, les eaux calmes de l'étendue sombre regorgeaient de poissons, que personne ne venait pêcher. Il n'y avait qu'un vieux fou à Slobozia pour s'y risquer. Il s'appelait Vasile et rentrait toujours du lac avec un panier débordant de belles carpes et parfois même de gros brochets. Hiver comme été, il ne revenait jamais bredouille. Pourtant, personne ne mangeait de son poisson. "Des animaux maudits. Nourris avec les os des soldats turcs", disait-on au village. Le vieux Vasile pouvait bien se vanter de pêcher plus que quiconque, chacun savait qu'un jour Dieu finirait par le punir pour son arrogance. Même le prêtre le disait. Et en effet, Vasile fut puni.

Seuls les adolescents montaient au lac, la nuit de préférence, pour y éprouver des sensations fortes. Les villageois imaginaient que les jeunes couples s'isolaient là-bas, à l'abri des regards désapprobateurs, afin de ne pas être dérangés dans leurs ébats interdits. Mais en réalité, s'ils venaient jusqu'ici, c'était pour tout autre chose. Tous ceux qui avaient tenté l'expérience l'avouaient : *La Fosse aux Lions* était un endroit magique qui communiquait des ondes à ceux qui s'en approchaient. Beaucoup de jeunes gens étaient convaincus que la proximité du lac décuplait le plaisir sexuel. Les plus téméraires plongeaient même dans *La Fosse*. Et, s'ils reconnaissaient n'y avoir vu ni Turcs ni lions, les habitués étaient d'accord pour dire que l'émotion ressentie était unique. Pour la jeunesse désœuvrée de Slobozia, *La Fosse aux Lions* représentait une forme de rite initiatique.

C'est aussi ce que pensaient Vlad Bran et Ioana Bogatu, ce soir d'août 1989 quand ils se rendirent au lac. Ce n'était pourtant pas la première fois qu'ils venaient faire l'amour au bord de *La Fosse*, mais cette fois-ci quelque chose les gênait. Etaient-ce les cris stridents de la hulotte dans les bois ? Peut-être le souffle lourd des cochons sauvages dans les buissons ? Ou simplement l'impression de fraîcheur que donnait la brise d'été au-dessus de l'eau ? Leurs corps nus, parcourus de frissons, étaient gagnés par l'angoisse.

— Ioana… murmura Vlad Bran, viens t'allonger près de moi…

— Nous n'aurions pas dû venir ici, répondit la fille en reboutonnant son chemisier.

— Au contraire, je trouve ça très excitant, ajouta le jeune homme qui cherchait à se rassurer.

— Rentrons maintenant, il est tard.

— Mais non ! Allons nous baigner !

— Tu es fou ! Hors de question que j'entre dans cette eau.

— Tu as la frousse ! s'amusa Vlad. Tu crois à ces histoires de bonnes femmes ?!

En quelques gestes, Ioana réajusta sa jupe et, esquissant un signe de départ, lui dit :

— Tu peux rester. Moi, je m'en vais !

Vlad éclata de rire :

— Tu comptes vraiment traverser cette forêt toute seule, en pleine nuit ?!

Quel culot de penser qu'il pouvait la retenir ainsi ! Elle n'allait tout de même pas accepter ce bain de minuit simplement parce qu'elle avait peur de repartir sans lui. Ioana ramassa ses affaires et s'éloigna de la rive. Elle pénétra dans les bois et commença à suivre le sentier qui mène à Slobozia. Malgré la clarté de la nuit, elle avait bien du mal à distinguer les formes qui s'animaient autour d'elle. Elle se retourna et entraperçut les reflets argentés du lac, mais ne vit plus Vlad.

Le garçon avait de l'eau jusqu'à la taille. Il regarda la surface vitreuse et, sans hésiter, plongea dans l'eau tête la première. Il nagea quelques brasses et appela de nouveau Ioana.

— Ne sois pas idiote. Reviens !

La jeune fille écouta la voix de son ami et s'arrêta un instant dans sa course. Il avait raison. C'était une folie de partir seule à travers les bois. Mieux valait mettre de côté son orgueil et rebrousser chemin. Elle fit demi-tour et remonta vers *La Fosse aux Lions*. Vlad s'égosillait dans le noir. Elle sourit en se disant qu'au fond il n'était peut-être pas plus rassuré qu'elle à l'idée de se retrouver seul dans ce lieu isolé. Elle gravit le sentier escarpé au milieu des feuillus. Les branches qu'elle repoussait sur son passage revenaient par moments lui fouetter le visage. La voix de Vlad se faisait de plus en plus sonore. Etait-ce dû au fait qu'elle se rapprochait de lui, ou à l'impression soudaine qu'il criait plus fort ? Ioana pressa le pas. Maintenant elle comprenait distinctement ses paroles. Elle prêta l'oreille et l'effroi la saisit. Un hurlement s'éleva dans la nuit.

— *Mooooroïïïïï*, laisse-moi ! *Doamne*, Seigneur, à l'aide !

Ioana se mit à courir dans sa direction et surprit son compagnon aux prises avec un homme. Vlad gesticulait dans tous les sens pour que son assaillant lâche prise, mais rien ne semblait pouvoir le repousser. Les deux lutteurs étaient plongés dans le lac, et l'étrange silhouette tentait d'entraîner le garçon au fond de l'eau. Dans un regain d'énergie, Vlad projeta son agresseur en arrière et sortit de *La Fosse* à la hâte. Le corps de l'homme fit quelques tourbillons dans les remous, puis remonta presque aussitôt à la surface. Immobiles sur la berge, les deux jeunes gens restaient pétrifiés face au cadavre qui flottait devant eux.

— *Doamne !* Mais qu'est-ce que c'est ? interrogea Ioana, affolée.

Vlad tremblait de tout son corps.

— C'est… c'est un *moroï*. Enfin, je crois…

— C'est donc vrai, des fantômes hantent *La Fosse aux Lions*.

— Nous devons en avoir le cœur net, dit-il. Je dois aller le chercher.

— Ne fais pas ça ! Il n'est peut-être pas mort.

— Il ne bouge plus.

Vlad s'arma d'un rondin de bois et entra dans l'eau. Il avança jusqu'au corps et cria :

— Si tu es vivant, fais un geste !

Aucune réponse. Pas de mouvements. Le garçon s'approcha encore, le gourdin au-dessus de la tête, prêt à cogner. Il saisit l'homme par la tunique et, d'un geste décidé, le retourna.

— C'est Vasile, le fou !

Vasile gisait face à eux, le visage boursouflé, à peine reconnaissable, comme gonflé par un séjour prolongé dans l'eau.

— Il s'est noyé, n'est-ce pas ? questionna Ioana.

— Je ne sais pas. Regarde-le. Il est resté plusieurs jours dans l'eau.

— Mais… s'il était déjà mort quand nous sommes arrivés, alors il n'a pas pu t'attaquer.

— Pourtant, j'ai bien senti qu'on s'agrippait à moi. J'ai d'abord pensé à une branche à la dérive. Quelque chose m'a attrapé le bras pour m'entraîner au fond. Je ne comprends pas ce qui s'est passé. Mais toi, tu me crois, n'est-ce pas ?

— Bien sûr qu'il était déjà mort quand nous sommes arrivés. Personne n'a essayé de te noyer. Le cadavre flottait dans l'obscurité, tu l'as frôlé et tu as paniqué. Voilà tout.

— Pourtant ce n'est pas comme cela que ça s'est passé… marmonna le garçon en entrant dans l'eau.

— Prévenons la police, proposa Ioana.

Vlad ne l'écoutait plus. Il était en train de ramener le cadavre jusqu'à la rive.

— Nous donnerons l'alerte demain matin, dit-il.

— Pourquoi attendre ?

— Veux-tu que tout le village sache ce que nous faisions au bord du lac ? Nous ne sommes pas mariés. Ton père me tuera s'il l'apprend !

La jeune fille hocha la tête et le couple quitta les lieux sans plus attendre. Vlad ne donna l'alerte que le lendemain. Il se garda bien d'expliquer dans quelles conditions il avait découvert le corps du vieux Vasile. Il ne parla pas de Ioana, ni du bain de minuit, mais inventa une partie de chasse qui, de bon matin, l'aurait amené près de *La Fosse aux Lions*. Même si beaucoup décelèrent la part de mensonge dans son histoire, personne ne chercha la vérité dans une affaire aussi effroyable. La police conclut à la mort accidentelle et désigna quelques villageois pour ramener le corps que l'on enterra discrètement au fond du cimetière. Le dimanche suivant, à l'église, le prêtre ne manqua pas de rappeler dans son sermon que la transgression conduit au péché et que le péché mène tout droit à la mort. La démonstration en était faite et Ioana comprit que la sentence s'adressait autant à elle qu'à la mémoire de Vasile. Tous avaient transgressé une règle fondamentale à Slobozia : on ne s'approche pas de *La Fosse aux Lions*. Les escapades nocturnes près du lac cessèrent à partir de ce jour.

# PREMIÈRE PARTIE

*Pour survivre, il faut… oui, il faut y être obligé. Cette vie-là, il faut que ce soit la dernière chance, la dernière des dernières.*

JAMES DICKEY,
*Délivrance*

# I

Le joyau de Slobozia était sans conteste le monastère byzantin qui trônait au fond de la vallée. Dès l'entrée du village, on pouvait distinguer au loin l'immense tour, dont la silhouette élancée dominait le reste de l'édifice. Tel un donjon médiéval, il s'érigeait en beffroi, orné à son sommet d'un large clocher. De jour comme de nuit, l'immuable carillon de ses cloches sonnait les heures de son timbre métallique. C'était là le seul bruit qui s'échappait du bâtiment, rappelant à chaque instant qu'il surveillait de son regard inquisiteur les faits et gestes de chacun. Pour pénétrer dans l'enceinte, il convenait de longer les murailles jusqu'à un grand porche ouvert en arcade. Un épais portail de bois en fermait l'entrée. Tout le long des murs fortifiés, un enchevêtrement de balcons en encorbellement permettait aux moines de faire le tour du cloître sans être vus de l'extérieur. Tel un curieux golem, sa forme allongée impressionnait les rares visiteurs qui se risquaient jusqu'à ses remparts. Le monastère du Saint-Esprit veillait sur Slobozia depuis près de cinq siècles. Il avait repoussé toutes les attaques subies par cette pauvre Moldavie à l'histoire mouvementée. Le sanctuaire avait vaillamment résisté aux assauts des Turcs musulmans, fièrement tenu bon face aux catholiques polonais, et longtemps supporté les outrages des communistes athées. L'église abbatiale, d'un blanc opalin, rayonnait au milieu des bâtiments conventuels. Avec sa toiture en forme de coque de bateau renversée, elle donnait l'impression étrange de flotter au-dessus du sol. Les ombres furtives des religieux apparaissaient et disparaissaient presque aussitôt derrière la chapelle. Emmitouflés dans leurs larges soutanes noires, la tête recouverte d'un long voile qui leur masquait en partie le visage, les moines faisaient penser à ces fantômes silencieux qui aiment déambuler entre les vieilles pierres. Nul ne connaissait leur nombre exact. D'ailleurs toutes sortes de rumeurs couraient sur la communauté. On racontait qu'il n'était pas rare qu'un jeune homme disparaisse subrepticement après avoir engrossé une fille du village. S'il se refusait à épouser la jeune femme, il était alors contraint d'entrer au monastère et d'y recevoir l'habit angélique. Aussi, nombreux étaient les paysans à n'approcher le sanctuaire qu'avec crainte. Certains étaient même prêts à faire de grands détours pour éviter d'en longer les murailles. L'expérience de la sainteté effraie parfois plus qu'elle n'attire.

Au milieu de la bourgade coulait une rivière nommée la Source sainte. Presque toutes les maisons étaient implantées le long de son cours. A Slobozia, la distinction nord-sud n'avait pas de sens. Chacun situait son habitation par rapport à la Source sainte : ceux qui en étaient proches, dans les vallons creusés par les ruisseaux affluents, habitaient la vallée. Les autres, situés plus en hauteur, habitaient la colline. Plus que toute autre réalité, c'est cette distinction vallée-colline qui structurait l'imaginaire villageois. Il y avait ceux de la vallée et ceux de la colline.

Tudor et Ana Luca étaient de la colline. Tudor Luca avait passé sa vie dans une mine des plaines noires du Jiu, au sud de la Roumanie, où un violent coup de grisou lui avait arraché une jambe en 1955. Il s'était alors retiré à Slobozia avec sa famille. Depuis dix ans, il vivait dans cette maison cachée par la forêt, de sa misérable pension d'infirme. Les Luca se mêlaient peu au reste du village. Au fond, ils furent toujours considérés comme des étrangers. Chacun savait que le vieux mineur faisait régner une véritable terreur sur sa famille. Son souffre-douleur était son fils, Victor. La moindre occasion était prétexte pour le battre. Souvent, sa femme Ana tentait de s'interposer, prenant les coups pour elle. Seule la petite Eugenia semblait échapper à la colère de cet homme violent. Pour tuer le temps, Tudor Luca descendait se saouler au village, dans l'unique bar de Slobozia. Il faut dire qu'il n'avait jamais accepté son handicap et refusait de s'admettre diminué. Après quelques verres, des disputes éclataient au comptoir, et même souvent, des bagarres.

Car Tudor Luca avait gardé de ses années au fond des puits de charbon une force exceptionnelle. Malgré sa jambe de bois, ce grand gaillard pouvait soulever un homme d'une seule main et le projeter au sol, jusqu'à lui briser les reins. A la fois craint et détesté de tous, il avait fini par devenir la bête noire des villageois. La police l'avait arrêté après plusieurs altercations, mais il avait toujours été relâché. Les anciens mineurs jouissaient d'un grand prestige dans la Roumanie communiste. Pour un régime qui exaltait le prolétariat, ils étaient une sorte d'élite ouvrière et personne n'osait s'en prendre à eux. Alors que tout le monde savait qu'il battait sa famille, chacun gardait le silence. Une seule fois, Tudor Luca fut sérieusement inquiété. Ce fut quand l'institutrice découvrit les bras du petit Victor couverts d'ecchymoses. Elle dénonça le père à la police et Luca fut emprisonné trois jours. Mais à sa sortie, tout recommença comme avant. Même les paroissiens de Saint-Nicolas, qui pourtant se sentaient gênés de voir la pauvre Ana chanceler le dimanche à la messe, ne réagirent pas. Parfois la femme arrivait en boitant, ne parvenant pas à se maintenir debout durant l'office. Personne ne lui posa jamais de question et personne ne lui vint jamais en aide.

A Slobozia, l'année 1965 fut marquée par deux événements dramatiques. Le premier fut la mort du président Gheorghiu-Dej qui succomba à un cancer. Malgré la répression féroce qu'il avait fait subir à la Roumanie, Gheorghiu-Dej fut regretté par tout son peuple. Pour beaucoup de Roumains, il symbolisait l'indépendance du pays vis-à-vis de l'encombrant grand frère soviétique. Cette même année, un inconnu du grand public, le camarade Nicolae Ceau escu, lui succéda.

Le second événement fut la mort de Tudor Luca. Un matin, des chasseurs qui s'étaient égarés jusqu'à *La Fosse aux Lions* découvrirent son corps flottant dans les eaux du lac. Etait-ce un accident ou bien un suicide ? Nul ne le savait. Tudor Luca était certainement ivre quand il était tombé à l'eau. A en croire les traces qu'il portait sur le visage, sa tête avait probablement heurté un rocher avant que l'homme ne se noie. Ses mains laissaient apparaître de larges plaies qui faisaient penser à une lente agonie. Il avait sûrement essayé de se rattraper à un tronc immergé dans l'eau. En vain, car il n'avait pas réussi à se hisser à la surface et personne ne lui était venu en aide, puisque personne ne s'approchait du lac. En tout cas, tout le monde pensa que Dieu avait enfin accompli son travail. Un sentiment de grand soulagement envahit le village, même si, en silence, les femmes continuèrent longtemps à se signer à la seule évocation du nom de Tudor Luca. A compter de ce jour, Ana Luca porta le deuil de son mari. On ne la vit plus que vêtue de noir de la tête aux pieds.

## II

Légers comme des balles, les cailloux ricochaient à la surface de l'eau en grands bonds successifs.

— Hourrrra ! criait Victor dans un élan de joie.

L'enfant aimait ces moments où, seul au bord du lac, il jouait durant des heures. Pour lui, le temps s'arrêtait. Il quittait un instant la marginalité dans laquelle son père confinait la famille. Près du lac, loin des villageois médisants, le garçon se sentait vivre. Il n'était plus le fils de Tudor Luca, mais simplement Victor.

*La Fosse aux Lions* ne l'avait jamais effrayé. Au contraire, il trouvait le lieu plutôt rassurant. Les odeurs d'aubépine mêlées aux effluves de sureau en fleur lui étaient devenues familières. Il connaissait chaque arbre, chaque pierre qui en bordait le rivage. La surface luisante de l'eau, que seules les foulques ridaient de leur passage, inspirait à l'enfant un sentiment d'intense quiétude. Les animaux qui venaient s'abreuver à l'onde pure de la source étaient ses compagnons de jeu. Il savait où nichaient les ragondins, juste derrière les chênes verts. Il connaissait le repaire de la fouine comme celui de la loutre. Par endroits, le feuillage des saules se rabattait si loin au-dessus de l'eau qu'on eût dit qu'un tunnel de végétation enveloppait la rive. Victor aimait s'y cacher, à l'ombre des branchages. Plus loin, de gros rochers empiétaient dans l'eau, si bien qu'en sautant de l'un à l'autre, il pouvait avancer sur *La Fosse* tels ces grands échassiers qui colonisaient le lac chaque automne. Il devait cependant rester vigilant car le fond devenait vite dangereux. Au moindre faux pas, la chute pouvait être fatale car, comme la plupart des habitants de Slobozia, Victor ne savait pas nager. Aussi sautait-il sur les récifs avec beaucoup de précaution. Il connaissait chacune de ces pierres et savait exactement où il pouvait poser le pied pour ne pas tomber. Arrivé au bout de ce ponton improvisé, il avait l'habitude de se redresser face à l'eau et de crier :

— Hep ! Hep ! Hep ! Je suis le seigneur des bois ! Je n'ai peur de personne.

Et c'est vrai que près du lac, Victor n'avait pas peur. Il se sentait gonflé d'un élan de courage. Pourtant il savait bien qu'il se mentait à lui-même. Quand il rentrerait à la maison sur la colline, il retrouverait celui qui lui faisait terriblement peur : son père. Mais ici, au milieu de la forêt, il était convaincu de pouvoir tenir tête à n'importe qui, même au vieux Tudor. Car *La Fosse aux Lions* le protégeait. D'une manière incompréhensible, Victor sentait que le lac veillait sur lui. Au loin, les cloches du monastère sonnèrent la troisième heure. *La Fosse aux Lions* parut s'assombrir. Un souffle puissant parcourut les arbres en agitant leur feuillage. L'eau avait perdu sa clarté cristalline. En un instant, elle était devenue sombre, comme si une marée noire s'était déversée dans son flot. Les roseaux sauvages s'agitèrent dans un ballet inquiétant. Tels des monstres aquatiques, les carpes se mirent à danser à la surface dans des clapotis étourdissants. Une troupe de geais s'envola quand la clameur résonna au-dessus de la forêt. Un terrible "iiiiiiiiiuuuuuu" s'éleva en tourbillonnant dans les airs. Les bois s'illuminèrent d'un brasier rouge qui enveloppa les bosquets d'un manteau de feu. *La Fosse aux Lions* se réveillait d'une longue torpeur. Elle avait entendu la complainte de l'enfant et paraissait bien décidée à lui venir en aide. Une étrange complicité s'était instaurée entre eux. Le garçon ignorait encore à quel point il pouvait compter sur *La Fosse* pour l'aider, mais celle-ci savait déjà qu'elle pouvait compter sur Victor pour lui donner ce qu'elle attendait. L'enfant s'apprêtait à rentrer chez lui, quand il reconnut la silhouette de son père à l'orée d'une futaie. Il n'en croyait pas ses yeux. Le vieux Tudor Luca était arrivé jusqu'ici. Comme à son habitude, l'homme était ivre et déambulait en titubant. Mais que venait-il faire si loin de la maison ? Soudain, Victor comprit. Dieu envoyait le père pour que le fils s'en débarrasse. Ça lui rappelait toutes ces histoires entendues à l'église. La Bible était pleine de ces sacrifices familiaux. Victor repensa à sa mère et à sa sœur et à tout le mal que cet homme leur faisait. Cela ne pouvait plus durer. Alors l'enfant décida d'en finir avec lui. Tudor Luca avançait à tâtons, en s'agrippant aux branches des arbres pour éviter de tomber. Il tenait dans sa main une bouteille qu'il portait par moments à ses lèvres. Il fallait que Victor l'entraîne vers *La Fosse*. C'était la seule issue. Quand il repéra son fils, Tudor se mit à grommeler des insultes. En temps normal, le gamin aurait fui, car il savait que si le vieux l'attrapait, il recevrait une dérouillée mémorable. Mais là, il ne chancela pas. Victor sentait qu'il allait gagner, car le lac était à ses côtés. Il ramassa un gros bâton qui traînait sur le sol et marcha vers son père.

— File immédiatement à la maison ! cria Tudor en levant le poing.

Victor ne répondit pas. Il avait une autre idée. D'un geste sec, son gourdin à la main, il frappa la bouteille qui vola en éclats.

— Vaurien, tu vas voir si je t'attrape !

Le gamin se mit à courir en direction de *La Fosse aux Lions*. Le vieux ne tarda pas à le suivre, sa jambe de bois claquant sur la grève. Victor aurait pu le distancer, mais ce n'était pas son but. Au contraire, il ralentissait pour lui laisser le temps de se rapprocher. Arrivé aux récifs, il bondit d'un rocher à l'autre. Son père se mit à le suivre avec peine en vociférant de plus en plus fort :

— Arrête-toi ou je te tue !

L'enfant sautait de plus belle. Et hop ! Encore un rocher. A mesure qu'on s'éloignait de la rive, les pierres devenaient plus glissantes. Le dernier bloc faisait face à Victor. Si le vieux ne tombait pas à l'eau maintenant, le gamin était perdu. C'est à ce moment précis que *La Fosse* entra en action. D'un coup, le niveau du lac se mit à monter, recouvrant complètement les rochers. Tudor Luca avait de l'eau jusqu'aux chevilles alors que le flot arrivait aux genoux de Victor. Encore un peu et l'enfant ne pourrait même plus se maintenir debout. Et soudain, ce qu'il espérait arriva. Comme une marionnette désarticulée, son père se mit à vaciller. Sa prothèse glissait comme du savon sur la pierre mouillée. Déstabilisé, il tomba de tout son poids dans le lac. Sa tête s'enfonça dans l'eau, puis en ressortit pour reprendre son souffle. Il lança ses longs bras pour s'agripper à un tronc qui flottait à la surface. Si le gosse ne réagissait pas rapidement, le vieux allait certainement réussir à se maintenir hors de l'eau, tant sa poigne était puissante. Pour la première fois de sa vie, Victor avait le pouvoir de changer le cours de son existence. Pour lui. Pour sa mère et sa sœur, il devait le faire, et le faire vite. De ses grandes mains, Tudor s'accrocha à l'arbre et commença à se hisser sur le rondin. C'est alors que l'enfant le frappa à l'aide du gourdin. De toutes ses forces, il porta le premier coup sur la nuque. Le bruit sourd de l'impact résonna à la surface de l'eau. Le vieux plongea la tête et la releva presque aussitôt. Le choc l'avait à peine sonné. Il semblait même avoir retrouvé un sursaut de vie. C'est peut-être cela, l'énergie du désespoir. L'homme venait de comprendre qu'il était tombé dans un piège, d'où son fils ne le laisserait pas s'échapper. Les coups suivants lui écrasèrent les mains. Un autre aurait lâché prise, mais pas lui. Non ! Il était tenace. Les attaques semblaient au contraire renforcer sa détermination à survivre. Il se cramponnait ferme.

— Tu vas lâcher ! Crève ! hurlait Victor en cognant.

Encore une bastonnade sur la tête. Le sang coulait sur le visage tuméfié du père, qui employait ses dernières forces à tenter de sortir de l'eau. Cette fois-ci, Victor ne devait pas le rater. Il arma son bâton sur le côté et, dans une puissante rotation du torse, visa la tempe. Il frappa si fort que le gourdin rebondit en heurtant la tête du vieux. Tudor ferma les yeux sous l'impact et lâcha prise. Lorsque son corps s'enfonça dans l'eau, un bouillonnement inexpliqué agita la surface du lac, comme un gargouillis de satisfaction. Malgré ses mouvements désespérés, rien désormais n'aurait pu sauver Tudor Luca de la noyade. *La Fosse aux Lions* ne l'aurait jamais laissé repartir. Le corps enseveli par les flots, le lac se mit à baisser pour revenir à son niveau habituel. En seulement quelques minutes, le lieu avait retrouvé sa quiétude ordinaire, comme si rien ne s'était passé. Le regard hébété de ce qui venait d'arriver, Victor contempla le cadavre de son père qui remontait à la surface. Il venait de comprendre que près de *La Fosse*, rien de grave ne pouvait lui arriver.

## III

Depuis la mort de son mari, Ana Luca vivait comme prostrée avec ses deux enfants. Elle portait sur elle une culpabilité que le regard des villageois ne contribuait pas à alléger. La famille sortait peu et ne recevait personne. Les années passèrent et Victor arrêta l'école pour travailler comme bûcheron. Il avait hérité de son père une force physique peu commune qui lui permettait, malgré son jeune âge, d'accomplir la tâche de n'importe quel adulte. Toute la journée, il maniait la hache et la scie à main avec une grande dextérité. Mais sa réputation venait surtout de sa rapidité à fendre d'énormes rondins à coups de merlin. Ses mains, larges comme des palmes, se refermaient sur le manche, telles des tenailles d'acier puis, d'un coup sec, ses bras puissants écrasaient le tranchant sur le billot. Le bois éclatait dans un "schlac !" retentissant.

Comme le vieux Tudor, Victor mesurait plus d'un mètre quatre-vingts. Son large cou donnait l'impression que sa tête reposait directement sur ses épaules. Si ses cent kilos rendaient ses déplacements pénibles, l'obligeant souvent à émettre un souffle bruyant par les narines, son impressionnante carrure inspirait la crainte et la méfiance. D'ailleurs, les villageois l'avaient surnommé du sobriquet peu flatteur de "Bœuf muet". Car Victor ne parlait presque pas, si bien que beaucoup le considéraient comme attardé. Pourtant, c'était un garçon sensible et timide qui souffrait de l'isolement forcé imposé par sa mère. Il n'avait aucun ami et sa seule confidente était sa sœur Eugenia, de deux ans sa cadette. Tenue à l'écart du village, la famille vivait dans une réclusion quasi permanente. La seule sortie autorisée par Ana était l'église.

Recouvert de tôle argentée, le clocher de Saint-Nicolas brillait sous le soleil. A Slobozia, la vie s'écoulait au rythme lent des saisons, ponctuée par les fêtes et les bénédictions de l'Eglise orthodoxe. En sanctifiant le temps, l'Eglise en prenait le contrôle et ne le subissait plus. C'était au fond l'illustration vivante de la Résurrection, à l'image de cette terrible fresque sur le tympan de Saint-Nicolas, où l'on voyait un Christ en gloire dominer de son glaive les forces mortifères de la Nature. Chaque dimanche matin, ainsi que tous les jours de fête, Ana, Eugenia et Victor se rendaient à la paroisse pour assister à de longues liturgies. La famille arrivait toujours très tôt, bien avant le début de l'office, pour se confesser au prêtre. Ana passait en premier, puis Victor, et enfin Eugenia, la plus jeune. Dès la fin de la messe, la petite tribu s'éclipsait sans parler à personne.

Ilie Mitran était prêtre à Slobozia depuis plus de vingt ans. Sa réputation de sainteté était connue de tous, et nombreux étaient les habitants des villages voisins à faire le déplacement pour recevoir ses conseils spirituels. Comme le veut la tradition orthodoxe, le père Ilie était un prêtre marié, ou plutôt veuf. Encore jeune, sa femme avait été emportée par un cancer. Ils avaient eu un fils, désormais séminariste à Iaşi. Un jour, lui aussi deviendrait prêtre, perpétuant ainsi cette vieille habitude moldave où l'on est prêtre de père en fils, dans une sorte de sacerdoce héréditaire. Dans la Roumanie de Ceauşescu, le père Ilie renvoyait l'image d'une Eglise d'un autre temps. Il aimait à rappeler qu'il avait été ordonné en 1947, la dernière année de règne du roi Michel, l'ultime monarque roumain. Pour lui, cette date symbolisait la prise de pouvoir définitive par les communistes et marquait le début d'une longue emprise totalitaire sur le pays. Le père Ilie savait que les prêtres n'étaient plus choisis sur des critères spirituels mais en fonction de leurs liens avec le régime. C'était la meilleure façon qu'avait trouvée le Parti de contrôler l'Eglise : l'infiltrer de l'intérieur. Mais Ilie, lui, rayonnait de sincérité. Pourtant, l'homme paraissait insignifiant, enveloppé dans sa soutane noire, taillée trop grand pour lui. Petit et maigre, il se dégageait de lui une impression de fragilité. Les gestes lents et précis de ses mains fines lui donnaient une allure presque féminine, dans cette société paysanne où la virilité est la norme. Pourtant, ce qui aurait été raillé chez un autre homme, devenait une vertu chez ce prêtre. Son visage émacié, ses joues creusées par l'ascèse, son teint pâle et sa longue barbe le faisaient ressembler aux icônes de sa paroisse. Sa voix était douce, mais la force de ses paroles révélait une incontestable autorité. Le père Ilie aimait tous ses fidèles, mais parmi eux, il avait une tendresse particulière pour la famille Luca, car il savait ce que chacun avait enduré durant ces années de calvaire.

Cinq ans passèrent après la mort de Tudor Luca. En cet été 1970, la Roumanie connut une canicule inhabituelle, même pour ces contrées rompues aux excès d'un climat continental. Dans les champs en culture, les épis craquaient au toucher. La moisson s'annonçait médiocre et l'hiver difficile. Avec la mauvaise récolte de maïs, les galettes de *mămăligă* risquaient de se faire plus rares cette année-là. Pour échapper à cette chaleur torride, seule l'ombre de la forêt offrait un havre de fraîcheur. Chacun s'y réfugiait pour vaquer à ses occupations, devenues pénibles dans les maisons surchauffées.

Comme à son habitude, Victor coupait du bois dans un taillis. Pour être plus à l'aise dans son labeur, il avait ôté sa chemise et de grosses gouttes de sueur coulaient le long de son torse. Après cinq heures de ce travail harassant, il sentit la fatigue accabler son corps fourbu. Plus que jamais, il soufflait à grand bruit. Vers midi, il se résigna à s'allonger sous un frêne pour se reposer un moment. Couché dans l'herbe, il s'amusa à compter les feuilles des arbres qui scintillaient au soleil. Le sommeil l'aurait sûrement gagné si un bruit n'avait attiré son attention. Il se leva et se dirigea lentement vers les buissons d'où les coups secs provenaient. Il regarda entre les branches et fut ébahi par le spectacle qu'il découvrait. Assise en tailleur, une jeune fille profitait de l'ombre d'un mûrier blanc pour casser des noix. A l'aide d'un petit marteau, elle frappait de toutes ses forces les coques, posées sur une grande pierre plate. Se croyant seule, elle avait déboutonné sa tunique qui laissait apparaître sa poitrine. Ses longues mèches blondes couvraient son visage, si bien que Victor ne la reconnut pas tout de suite. Mais quand d'un revers de la main elle repoussa ses cheveux en arrière, pour essuyer la sueur de son front, il ouvrit de grands yeux. C'était Anita Vulpescu. Il la connaissait bien, car elle avait son âge. Longtemps, à l'école, Victor avait été secrètement amoureux d'elle. Bien entendu, elle n'en avait rien su, car il n'avait jamais osé lui adresser la parole. Mais maintenant, dans cette forêt, le moment n'était-il pas venu ? Après tout, Victor était dans son élément. Personne ici pour se moquer de lui. Personne pour l'appeler "Bœuf muet". Il écarta les branchages de ses bras pour se frayer un passage. Quand la jeune fille le vit surgir des fourrés, elle sursauta de peur et renversa son panier de noix. Elle non plus ne reconnut pas Victor immédiatement. Mais quand il fut à quelques mètres, elle s'exclama :

— *Doamne*, tu m'as fait peur ! A cause de toi, j'ai tout renversé.

— Pardonne-moi, Anita, je voulais juste te parler.

— Je n'ai rien à te dire ! cria-t-elle en reboutonnant sa tunique.

— Tu sais, bientôt… continua maladroitement le garçon.

— Quoi donc ?

— Eh bien, dimanche, c'est la fête au village.

Elle ne l'écoutait plus et commençait à partir.

— J'aimerais… j'aimerais t'inviter au bal, murmura-t-il tout gêné.

Elle se retourna et lui lança en riant :

— Moi, aller au bal avec Bœuf muet !

La réponse brutale d'Anita toucha Victor en plein cœur. D'un geste vif, il lui saisit le bras et la tira vers lui.

— Ne m'appelle pas comme ça ! Je t'en prie, ne fais pas comme les autres.

La main de Victor se resserra plus fort encore.

— Tu me fais mal ! Lâche-moi ! hurla la fille.

La douleur devenait insupportable.

— Dis-moi que tu viendras ! cria-t-il. Dis-le-moi et je te lâche.

Anita tenta de se dégager en lui griffant le torse avec ses ongles, mais le bûcheron tenait bon. De sa main libre, elle saisit le marteau à noix qui était dans son panier et lui en asséna un violent coup au visage. L'outil s'écrasa sur la mâchoire de Victor. Un filet de sang et d'écume s'écoula de sa bouche. Il tituba, mais ne lâcha pas prise. Anita leva de nouveau le marteau vers lui et là, presque instinctivement, il la saisit à la gorge et se mit à lui serrer le cou. Il ne voulait plus qu'elle le frappe, mais juste qu'elle accepte de l'accompagner au bal. Simplement pour montrer aux autres qu'il n'était pas l'idiot qu'ils croyaient. Une fois, juste une fois, aller au bal ensemble. Les mains de Victor empoignaient la malheureuse comme des tenailles broient ce qu'elles serrent. Le panier tomba à terre. Le marteau aussi. Anita ne pouvait plus lutter. Comme le fiancé étreint sa bien-aimée, Victor serrait de plus en plus fort la jeune fille dont les cartilages craquaient comme ceux d'une volaille que l'on désosse. Son corps s'affaissa d'un coup quand Victor lâcha enfin prise. Anita Vulpescu venait de mourir, étranglée entre les mains d'un garçon qu'elle connaissait depuis son enfance et qu'elle n'avait pourtant jamais regardé.

Il fallut quelques minutes à Victor pour mesurer la gravité de la situation. Il venait de tuer et son geste était irréparable. Comme un animal traqué, il s'enfuit en toute hâte en remontant la colline. Quand il arriva chez lui, il s'enferma dans la grange et y resta plusieurs heures. C'est sa sœur qui le découvrit, prostré dans un coin, la tête coincée entre les genoux. Eugenia comprit alors que quelque chose de grave venait d'arriver. Comme étranger à ce qui s'était passé, Victor lui raconta en détail toute l'horreur de la scène. Puis ce fut au tour de sa mère d'entendre sa confession. Alors qu'Eugenia pleurait de panique, le visage d'Ana Luca restait étrangement impassible.

— J'ai pas voulu lui faire mal... dit Victor.

— Mon fils, dit sa mère. Tu viens de commettre un grand péché.

— Pardonne-moi, *Mamă* ! Protège-moi ! supplia Victor.

— Je ne peux pas te pardonner, car Dieu seul le peut. Mais je peux te protéger, car une mère n'abandonne pas son enfant. Tu n'iras pas en prison.

— Personne ne sait que je l'ai tuée.

— Tu es rentré torse nu, couvert de griffures larges comme des sillons. Ta chemise a dû rester là-bas, dans la forêt, juste à côté de cette pauvre fille, comme la signature de ton crime. Et tu sais que j'ai l'habitude de coudre un ruban rouge brodé à ton nom au pan de chacune de tes tuniques. Regarde !

Elle saisit une chemise qui séchait sur un fil et toucha avec tendresse le tissu, cousu à l'intérieur pour être plus discret. Ana perpétuait ainsi la vieille tradition roumaine consistant à épingler un ruban rouge sur les habits des enfants pour éloigner d'eux les esprits néfastes et les *moroï*. La pratique se perd habituellement à l'adolescence, mais Ana n'avait jamais cessé d'en coudre sur les habits de ses enfants, comme un talisman qui devait les protéger toute leur vie. Sur ceux de Victor, on pouvait lire, brodé au fil noir : *Victor Luca, serviteur de Dieu.*

— Dans quelques heures, la police sera chez nous pour t'arrêter, murmura Ana. Tu dois te cacher.

— Mais où ? s'inquiéta Eugenia en sanglots. Tout le monde le connaît !

— Ton frère se cachera quelque temps dans la forêt, répondit-elle. Il la connaît mieux que quiconque, personne ne le trouvera. Il leur échappera et, avant l'hiver, les recherches auront cessé. Alors, il reviendra à la maison et nous le garderons près de nous.

Victor prit deux gros pains et un couteau qu'il glissa dans un sac. Il s'inclina devant sa mère et embrassa sa main pour recevoir sa bénédiction. Puis il se tourna vers Eugenia, déposa un baiser sur son front en disant :

— Petite sœur, tu te souviens du grand chêne au tronc creux ? Tu cacheras du pain dans le trou.

— Je le ferai pour toi, lui répondit Eugenia.

Victor s'engouffra dans les bois et disparut entre les arbres. Ce n'est qu'à ce moment-là qu'Ana Luca se mit à pleurer.

# IV

Simion Pop était l'unique policier du village. L'homme avait à peine plus de vingt-cinq ans et la petite bourgade moldave était sa première affectation. Parfois il s'en lamentait, car de l'aveu de chacun, "il ne se passait jamais rien à Slobozia". Le brigadier portait toujours un impeccable uniforme qui lui conférait un certain prestige, sans rapport cependant avec son grade modeste. Pourtant, après le maire et le prêtre, c'était sans doute l'une des personnalités les plus en vue. Son élégance discrète tranchait avec le laisser-aller de son physique. Malgré son jeune âge, il affichait déjà l'allure d'un notable ventripotent. Sa petite taille et son visage, rond comme une pastèque, auraient même été risibles s'il n'avait été policier. Simion était marié depuis peu à une jeune femme, de quatre ans sa cadette. Le couple menait l'existence paisible de ces petits fonctionnaires de campagne, logés dans un meublé, juste au-dessus du poste de police. Le jour du meurtre d'Anita Vulpescu, Simion se reposait chez lui, accablé par la chaleur. Des cris montèrent de la rue jusqu'à son appartement. Sa femme regarda à la fenêtre et aperçut l'attroupement qui se formait devant la mairie. Des paysans gesticulaient, alors que d'autres semblaient se tenir la tête dans les mains. Elle alerta son mari qui, sans plus attendre, enfila une chemise et descendit à son bureau. Le groupe se dirigea vers le poste de police en vociférant :

— Brigadier, des enfants ont trouvé une femme morte dans la forêt !

A ces mots, Simion saisit son pistolet, qu'il agrafa à sa ceinture, mit son képi et quitta la pièce en courant. Arrivée sur les lieux, la troupe identifia sans mal la jeune Anita Vulpescu. Son corps était étendu, face contre terre, le cou recouvert d'ecchymoses. A l'annonce publique du meurtre, un grand émoi envahit le village. De mémoire des plus anciens, il n'y avait pas eu de crime à Slobozia depuis au moins un quart de siècle, c'est-à-dire depuis la guerre. La terreur s'empara des villageois lorsqu'on prononça le nom de Victor Luca. Sa chemise avait été retrouvée près du cadavre et il ne fallut pas longtemps à Simion pour en identifier le propriétaire. L'ombre maléfique du vieux Tudor Luca semblait réapparaître comme celle d'un fantôme qui n'en finit pas de régler ses comptes avec le passé. Que le criminel eût été un homme de passage, tels ces colporteurs itinérants qui vont de village en village vendre leur camelote, eût presque été acceptable. Mais, pour les habitants de Slobozia, apprendre que le meurtrier était l'un des leurs était tout simplement insupportable. La colère grondait au sein de cette population habituellement si pacifique. La seule façon de laver le village de cet assassinat odieux était d'en punir rapidement le coupable, avant que la damnation ne retombe sur toute la communauté. La petite troupe se mit en marche derrière Simion. D'autres hommes, qui travaillaient autour du monastère au moment de l'alerte, s'emparèrent de bâtons et de fourches pour suivre le policier. Le jeune brigadier menait le groupe d'un pas décidé. Ils cheminèrent à vive allure jusqu'à la maison des Luca. Arrivé près de la ferme, Simion aperçut Ana Luca, debout devant la porte. La femme semblait les attendre. Sa fille Eugenia était assise à côté d'elle sur un banc.

— Camarade Ana Luca, où est ton fils ? interrogea le policier sans autre salutation.

— Il est parti et ne reviendra plus. Je sais ce qu'il a fait. Je voulais qu'il se rende, mais il préfère mourir plutôt que d'être pris.

— On le trouvera quand même ! hurla un paysan.

— Et on le pendra ! ajouta un autre.

— Silence ! cria Simion. Nous l'attraperons et aucun mal ne lui sera fait car nous respectons la loi. Nous l'amènerons devant un tribunal où il sera jugé.

— Vous n'avez aucune chance de l'arrêter, poursuivit Ana. A cette heure, il doit déjà être loin. Dans un jour ou deux, il aura quitté le pays.

— Ne l'écoute pas, camarade-brigadier, s'exclama un homme. Elle cherche à le protéger. Il se cache sûrement dans les bois.

— C'est ce que je crois aussi, répliqua Simion. Nous allons fouiller la maison, puis nous organiserons une battue avec tous les hommes du village. S'il se cache dans la forêt, nous le trouverons avant même que l'on nous envoie des renforts de Iaşi.

C'était pour ce jeune officier plein d'ambition, une occasion inespérée de résoudre une affaire criminelle sans l'aide de sa hiérarchie. S'il attrapait Victor Luca dans les quarante-huit heures, il était assuré d'une belle promotion. Comme la nuit commençait à tomber, après une rapide inspection de la maison, le groupe redescendit au village. Sur le chemin du retour, les hommes longèrent le cimetière où l'on préparait le tombeau pour la jeune fille. Ils détournèrent le regard en passant devant le trou béant qui, plus tard, devait recevoir le corps d'Anita Vulpescu.

Le jour suivant, à cinq heures du matin, Simion fit sonner le tocsin afin de réunir la population. Il ordonna la réquisition de tous les hommes de plus de seize ans pour une grande battue à travers l'immense forêt communale. Pour l'occasion, chacun était sommé de s'armer selon ses possibilités, car le fugitif pouvait être dangereux. Certains villageois portaient un grand couteau à la ceinture, alors que d'autres arboraient des haches ou des fourches. Les mieux équipés étaient venus avec un fusil de chasse en bandoulière. Tel un général à la tête de sa petite armée, Simion définit les zones de recherche pour chaque pisteur, en précisant que ceux qui arriveraient à capturer le fugitif seraient récompensés. Puis, à son signal, la horde se dispersa dans un grand vacarme. Pendant deux jours, cette légion improvisée ratissa la forêt dans tous les sens, sans trouver une seule trace de Victor. A croire que l'homme s'était volatilisé.

Trois jours après le crime, vers onze heures du matin, dans la vallée profonde, les cloches de l'église sonnèrent l'arrêt de la traque. Plus loin, sur la colline, la foule des villageois se bousculait déjà dans le petit cimetière pour assister aux funérailles d'Anita Vulpescu. Tout le monde pensait à la jeune fille et à son assassinat sordide, et chacun semblait partagé entre la tristesse et la colère. L'assistance attendait la défunte dans un silence impressionnant. Seul Simion Pop se tenait un peu à l'écart. Quand le corbillard pénétra dans l'enceinte, juché sur une charrette, le cercueil se mit à tanguer sous les secousses du chemin accidenté. Une fanfare tzigane accompagnait la procession au rythme lent d'une marche funèbre. Au passage du cortège, les hommes ôtèrent leur chapeau. Simion hésita, puis se découvrit lui aussi d'un geste maladroit. Les villageoises, elles, multiplièrent les signes de croix. Très vite, trompettes et tambours cessèrent leur mélodie répétitive. Les pleureuses commencèrent à faire entendre leurs lamentations.

Un peu en retrait, caché derrière des arbres, un homme épiait la scène.

Quand on descendit la bière de l'attelage, la clameur monta d'un cran. Les pleureuses n'étaient pas des professionnelles mais de pieuses femmes qui, en échange d'une collation, donnaient aux funérailles une dimension plus dramatique encore. Après quelques minutes, les lamentations s'atténuèrent. Le père Ilie s'approcha du corps et commença à réciter la prière des morts. Le cercueil était ouvert pour que la défunte reste présente aux vivants jusqu'à sa mise en terre. Ilie regarda le visage sans vie d'Anita et se dit en lui-même qu'elle n'avait jamais été aussi belle. Un foulard gris recouvrait sa longue chevelure blonde, alors qu'un épais tissu noir était noué autour de son cou pour masquer les traces de la strangulation. Ilie ferma les yeux. Les images défilaient dans sa tête. Il imaginait que, quelques années plus tard, il aurait pu célébrer son mariage, puis un jour baptiser ses enfants. Une lignée s'interrompait brutalement et le prêtre mesurait en ce moment dramatique le vertige de cette fin prématurée. Il leva une grande croix et donna la bénédiction :

— Béni soit le règne du Père, du Fils et du Saint-Esprit.

Un chantre entonna un cantique, repris en chœur par la foule :

— De ta servante, Seigneur, aie pitié…!

De longues lamentations s'élevaient au-dessus des collines, les psalmodies se mêlant aux pleurs de la famille.

L'homme qui était tapi derrière les buissons ne voulait rien manquer de ce moment. Il passait discrètement d'un arbre à l'autre en se faufilant derrière la végétation.

Anita reposait dans un linceul blanc. De grandes fleurs étaient parsemées autour de son corps. Le chantre accentua sa mélopée :

— Vraiment, tout n'est que vanité. Comme un songe, comme une ombre passe la vie…

Les vieilles femmes qui avaient eu la lourde responsabilité d'habiller la jeune fille pour son repos éternel avaient scrupuleusement respecté les coutumes mortuaires. Une icône de la Vierge était placée sur sa poitrine, bien calée entre ses bras joints en croix. Au-dessus de sa tête, un petit miroir devait chasser les démons tentés de s'approcher du cadavre. Le diable, disait-on, serait effrayé en voyant l'horreur de son propre reflet. Contre les *moroï*, quelques gousses d'ail étaient dissimulées sous les fleurs, bien à l'abri du regard du prêtre qui désapprouvait ce genre de superstitions. Quelques pièces de monnaie devaient permettre à la défunte de payer son passage aux douanes du Paradis. Un bâton de berger, logé au fond du cercueil, l'aiderait à traverser le Jourdain mystique afin d'atteindre la Jérusalem céleste. Enfin, des petits pains tressés et une bouteille de vin doux étaient posés à ses pieds. Pour un si long voyage, quelques provisions ne semblaient pas superflues.

Toujours dissimulé dans les fourrés, l'observateur ne perdait pas le moindre détail de ce qu'il voyait.

Ilie scanda la litanie en encensant le tombeau :

— Fais reposer, ô Christ, l'âme de ta servante, en ce lieu où ne se trouvent ni peine, ni tristesse, ni gémissements…

Le chœur des fidèles répondit :

— Je suis ta brebis perdue, accorde-moi la demeure céleste et donne-moi de retourner au Paradis…

Au moment de l'ensevelissement, les parents d'Anita se serrèrent les uns contre les autres. Les pleureuses accentuèrent leurs lamentations. Pour ce dernier adieu, le chantre reprit :

— Quelle séparation, quelle douleur ! Venez donc et donnons un baiser à celle qui est encore avec nous pour si peu de temps.

La famille s'approcha et embrassa pour l'éternité le visage de la jeune fille.

L'homme dans la forêt, qui maintenant était passé derrière un taillis, observait la cérémonie sans bouger.

On cloua une lourde planche de sapin pour refermer le cercueil avant de le descendre dans la fosse. Le père Ilie entonna d'une voix forte :

— Eternelle soit ta mémoire, inoubliable sœur !

L'assemblée répéta en boucle :

— Mémoire éternelle… Mémoire éternelle…

Le corps fut lentement déposé dans la tombe. Ilie prit un peu de terre dans ses mains et la versa sur le sépulcre. Les villageois, un à un, firent de même. Puis la foule se dispersa sans bruit. En moins d'une heure, les fossoyeurs recouvrirent le cercueil de glaise humide et lourde, puis quittèrent les lieux.

La silhouette sortit enfin de sa cachette et s'approcha du caveau. Dans le silence du cimetière, seule l'ombre de la mort planait encore sur les stèles. Victor prit une poignée de terre et la jeta à son tour sur le tombeau en murmurant entre ses lèvres : "J'ai pas voulu te faire mal…"

Le jour suivant, la préfecture se décida enfin à détacher une escouade de militaires accompagnés de maîtres-chiens pour arrêter Victor Luca. Simion Pop dirigeait les recherches. On fit renifler aux animaux la chemise du fugitif et la meute se lança dans la traque. Le petit bataillon remonta jusqu'à la maison d'Ana Luca, preuve qu'il était bien passé par là, avant de poursuivre sa course dans la forêt. Sans hésiter, les fins limiers prirent le chemin menant à *La Fosse aux Lions*. Arrivés au lac, les chiens se mirent à aboyer bruyamment en s'agitant comme des fauves. Ils sentaient la présence de Victor, car le garçon en cavale était là, tout près de la rive, allongé sous des branches. Les chiens s'emballèrent dans sa direction. Victor se savait pris. Il était trop tard pour s'enfuir. S'il sortait maintenant de sa cachette, il risquait d'être abattu sur-le-champ par les soldats en armes. Aussi ne bougea-t-il pas. Il resta blotti, implorant Dieu de le sauver du châtiment qui l'attendait. Il voyait déjà les crocs des chiens s'enfoncer dans sa chair et se mit à pleurer. Lui, le colosse redouté de tous, gémissait comme un enfant que l'on s'apprête à corriger. Encore un peu et les molosses lui sauteraient dessus pour le dévorer. Mais la meute s'immobilisa. Les animaux semblaient pétrifiés. Quelque chose les empêchait d'avancer plus loin. Les chiens grognaient tout en reculant. Le lac les repoussait. D'une manière irrésistible, *La Fosse aux Lions* protégeait Victor de ses poursuivants. L'agitation des animaux devenait de plus en plus frénétique. Quand ils arrivèrent sur les lieux, les soldats, qui s'étaient laissés distancer, ne purent qu'assister à la fuite de leurs chiens. Les hommes en armes poursuivirent leur course dans la forêt, abandonnant le lac sans savoir qu'ils étaient passés à côté de Victor, immobile sous les branches. Pareil au prophète Daniel qui, plongé dans *La Fosse*, fut miraculeusement sauvé des lions par la grâce de Dieu, le criminel Victor Luca fut, lui aussi, miraculeusement sauvé par l'intercession du lac mystérieux. Il fallut une journée entière aux militaires pour retrouver la meute. Les battues reprirent les jours suivants, mais jamais plus les chiens ne s'approchèrent de *La Fosse aux Lions*. Or, Victor resta caché là plusieurs jours, car il s'y savait en sécurité. Il ne s'éloignait du lac qu'à la nuit tombée pour prendre la nourriture qu'Eugenia laissait dans le creux du chêne. Au bout de dix jours, les recherches cessèrent. Victor n'entendit plus aucun aboiement dans la forêt, plus aucune patrouille. Après deux jours de calme plat, comme à son habitude, il alla chercher les deux gros pains cachés dans la cavité de l'arbre, mais cette fois-ci, il découvrit une coupure de presse à la place des miches. Victor lut l'article avec stupéfaction :

L'ASSASSIN PRÉSUMÉ D'UNE JEUNE MOLDAVE
SERAIT MORT EN CAVALE

*Activement recherché par la police pour l'assassinat d'Anita Vulpescu, seize ans, Victor Luca, dix-sept ans, du village de Slobozia, a été pris en chasse hier par les gendarmes au sud du pays, tout près des Portes de Fer. Le fugitif a été formellement identifié par les gardes-frontières comme correspondant au signalement du criminel moldave en fuite depuis plusieurs jours. L'homme s'est accidentellement noyé dans le Danube, alors qu'il tentait de gagner à la nage la Yougoslavie. Les militaires ont fait feu sur le fugitif sans l'atteindre. De l'avis du commandant de garnison, l'homme, ne pouvant lutter contre la force du courant, a coulé à pic. Malgré les recherches, le corps de Victor Luca n'est pas remonté à la surface. Il a probablement disparu dans les méandres du fleuve.*

*Scînteia* (L'étincelle)
Journal du Parti communiste roumain
21 août 1970

Voilà que la police avait confondu Victor avec ce malheureux qui tentait de fuir à l'étranger. Quelle aubaine ! Il comprit que sa cavale touchait à sa fin plus vite qu'il ne l'avait espéré. Il pouvait déjà rentrer chez lui. Quand, à la tombée de la nuit, il pénétra dans la maison, Ana et Eugenia se jetèrent dans ses bras pour l'embrasser.

— Il y a deux jours, la police m'a annoncé que tu étais mort, mais je ne les ai pas crus, dit Ana, soulagée.

— Les recherches ont cessé, ajouta Eugenia. Tu resteras avec nous, et la vie reprendra comme avant.

— Oui, comme avant, répéta Ana. Mon fils n'ira pas en prison. Mais désormais, tu ne sortiras plus d'ici.

Pendant quelques minutes, les deux femmes serrèrent Victor dans leurs bras, tel un miraculé. Lui
pleurait de joie, car auprès d'Ana et d'Eugenia il se
sentait en sécurité. Rien ne pouvait plus lui arriver
maintenant qu'il était à la maison. Sur la table, une
soupe encore fumante, garnie de gros poivrons far-
cis, parfumait la pièce de son odeur appétissante.
Un broc de vin, rempli pour l'occasion, l'attendait.
Tous passèrent à table, mais lui seul mangea. Les
larmes aux yeux, les deux femmes ne pouvaient
que contempler Victor se délecter de ce festin tant
mérité. Ils n'échangèrent pas d'autres paroles, simplement heureux d'être ensemble. Cela leur suffisait. La vie pouvait reprendre comme avant.

# V

La petite bâtisse émergeait à peine de la forêt. La maison des Luca ressemblait à la plupart des habitations de Slobozia. Ici, les bâtiments, sans étage, étaient faits de briques de terre mêlée à de la paille, que les habitants fabriquaient eux-mêmes le long de la rivière. Les briques étaient empilées les unes sur les autres entre des poutres en bois qui servaient d'ossature à la construction. Un épais manteau de foin était déroulé entre la toiture et le plafond pour garantir une bonne isolation durant les longs mois d'hiver. Si les foyers les plus pauvres se contentaient de tuiles en bois, les plus riches ornaient leur toit de multiples moulures en zinc aux formes végétales. Les jours ensoleillés, on pouvait admirer ces décorations argentées scintiller de multiples reflets. Pour protéger les murs, les façades étaient enduites de chaux vive. Certains préféraient recouvrir leur maison de larges bardeaux de bois, peints dans des teintes parfois très vives. C'était le cas de la ferme d'Ana Luca qui, avec sa couleur ocre, se distinguait nettement de la végétation environnante. Une vaste grange jouxtait un logement exigu mais propre. Comme souvent à la campagne, les animaux semblaient plus à leur aise que les hommes. La demeure s'ouvrait sur un petit vestibule vitré qui servait de sas entre l'intérieur et l'extérieur. Cette véranda improvisée était jonchée de graines qu'Ana laissait sécher là avant les semailles. L'intérieur, bien que modeste, était toujours entretenu avec soin. L'espace se divisait en deux pièces identiques : une cuisine et une chambre. Un énorme poêle trônait au milieu de la cuisine. Recouvert de briques faïencées, c'était l'objet le plus imposant et aussi le plus décoratif de la maison. Une partie du poêle traversait la mince cloison qui séparait les deux pièces, permettant de chauffer la chambre voisine en hiver. L'âtre était si large qu'il pouvait sans peine recevoir deux gros rondins de bois et ainsi garder le foyer allumé toute une nuit. Il se terminait par une partie plus basse recouverte de deux grosses plaques de fonte qui servaient de cuisinière à la ménagère. Une marmite de soupe y mijotait en permanence. En dessous, une trappe permettait d'utiliser le poêle comme un fourneau. L'ensemble était si large qu'il n'était pas rare, par temps froid, d'y étendre une couche et de lui donner une nouvelle fonction : celle de lit chauffant ! La maison n'avait pas l'électricité, aussi Ana laissait-elle toute la nuit la porte du four entrouverte pour éclairer la maisonnée à la lueur des flammes. Dans cette cuisine, le mobilier était réduit à sa plus simple utilité. Une table, quatre chaises, une petite étagère et un lit occupaient l'espace restreint. Au-dessus du poêle, une icône de saint Nicolas toisait du regard le visiteur. La chambre était la pièce la plus confortable de la maison. Plus lumineuse que la cuisine, c'était aussi l'endroit décoré avec le plus de soin. Deux lits et une armoire étaient disposés le long des murs. Au milieu, une petite table faisait office de bureau. Contrairement à la cuisine, le plancher était recouvert d'épais tapis de laine, si bien que l'on y entrait toujours déchaussé. Les murs étaient entièrement cachés par des tentures aux motifs champêtres. Sur les lits, les couvertures en laine et les coussins brodés s'amoncelaient dans un empilement impressionnant. Dans ces contrées rurales, il n'était pas rare que le linge de maison serve de dot au moment du mariage. Alors, dans l'espoir de voir un jour Eugenia fiancée, Ana avait fait des réserves. A l'angle de chaque coin de la pièce était placée une icône surmontée d'une longue bande de tissu brodé. A l'est, un Christ donnait sa bénédiction en signe de Résurrection. A l'ouest, un crucifix rappelait la Passion, alors qu'au nord, la Vierge rassurait le croyant de son regard maternel. Quant au sud, l'icône du prophète Jean-Baptiste annonçait la venue du Messie. Telle une église consacrée, le foyer familial échappait au profane et s'ouvrait déjà sur une dimension céleste. A Slobozia, le passage de l'espace privé à l'espace sacré du sanctuaire se faisait dans un même mouvement où l'un prolongeait naturellement l'autre.

La journée, Victor ne quittait jamais la maison de peur d'être reconnu. Allongé sur le lit de la cuisine, il écoutait durant des heures sa mère et sa sœur raconter de vieilles histoires populaires, mêlant folklore et légendes. Victor avait toujours été solitaire. Les gens ne lui manquaient pas. Ana et Eugenia lui suffisaient. Seule l'inactivité lui était parfois difficile. Aussi, souvent s'enfermait-il dans la grange pour fendre quelques rondins de bois. Victor dormait de plus en plus la journée, attendant la tombée de la nuit pour commencer à revivre. L'obscurité était devenue son alliée, celle qui lui permettait d'exister au monde. Les nuits d'été, il lui arrivait parfois de s'allonger dans la cour pour observer les étoiles. Enfin, il pouvait respirer, lui, tellement habitué à la vie au grand air. Pourtant, jamais il ne s'éloignait de la maison. Ana lui avait formellement interdit de franchir la clôture. Pour parer à tout risque, Victor avait aménagé une cachette sous le toit. Une trappe dans le plafond permettait d'y accéder rapidement, dans le cas où un visiteur impromptu se serait présenté. Mais les visites étaient rares chez les Luca. Le temps semblait déjà figé dans l'éternité. Seul un modeste calendrier, imprimé par l'Eglise orthodoxe, rythmait l'année au gré des nombreuses fêtes et des longues périodes de jeûne. Le dimanche et les jours de grande solennité, Ana et Eugenia se rendaient seules à la paroisse Saint-Nicolas. Après leur confession, les deux femmes assistaient à l'office, puis, après avoir communié, quittaient la vallée et ses rumeurs, pour reprendre le chemin de la colline. Ana Luca se moquait du jugement des villageois, car seule comptait sa famille. C'était une petite femme autoritaire qui marchait d'un pas décidé. Toute vêtue de noir, le pan de sa robe dansait au rythme de son pas cadencé qui laissait deviner, sous cette tenue austère, des jambes musclées par un dur labeur quotidien. Puisque Victor ne sortait plus de la maison, c'est Ana qui s'occupait des travaux agricoles. C'est elle qui épierrait les champs avant le labour et jetait les semailles à Pâques, pour récolter à Notre-Dame. Elle, encore, qui sarclait la terre, le dos courbé, sous le soleil comme sous le crachin. Toujours elle qui rentrait le fourrage pour les bêtes, puis vendangeait quelques arpents de vigne pour son fils. On comprend comment, derrière une silhouette fragile, Ana pouvait cacher en réalité un corps robuste. Ses longs cheveux couleur charbon, toujours roulés en chignon sur sa tête, étaient recouverts d'un grand foulard noir noué derrière son cou. Ana avait forgé son caractère avec les épreuves de la vie, comme un forgeron tord à grand-peine sa matière pour lui donner sa forme définitive. Cette femme incarnait le courage. Comme chacun ici, elle croyait que son destin restait entre les mains de la Providence. A côté d'elle, la jeune Eugenia paraissait bien fluette. Plus grande et plus mince que sa mère, c'était une fille discrète qui ne ressemblait pas aux jeunes gens de son âge. Jamais on ne la voyait se promener seule dans les rues du village. Silencieuse, toujours dans l'ombre d'Ana, elle ne parlait pas en public. Par mimétisme, elle ne portait que des habits sombres et un petit foulard gris sur la tête. De longues mèches brunes retombaient sur son front, venant cacher un regard timide. Eugenia était une fille séduisante dont l'austérité éveillait la curiosité des garçons. Pourtant, depuis qu'elle avait quitté l'école, aucun n'avait osé lui parler. Car Ana veillait. Elle observait d'un œil désapprobateur les plus téméraires qui se seraient risqués à s'approcher de sa fille. Eugenia était pénétrée d'une piété naïve mais sincère. Elle croyait elle aussi que son destin lui échappait et acceptait avec un certain fatalisme la vie que Dieu lui réservait.

Pâques approchait. Slobozia s'apprêtait à célébrer à sa manière la Résurrection. Comme le voulait la coutume, durant toute la semaine qui précède la fête, Ana et Eugenia assistèrent aux nombreux offices de la semaine sainte. Le vendredi avant Pâques, les deux femmes se rendirent au village. Malgré l'heure matinale, le prêtre avait déjà commencé ses confessions depuis près d'une heure. Les paroissiennes se pressaient les unes contre les autres devant l'entrée. Ana et Eugenia se tenaient en silence dans le vestibule en attendant leur tour. Assises en rang sur des banquettes, les femmes les dévisagèrent avec insistance. Eugenia baissa la tête pour ne pas avoir à soutenir leurs regards lourds de sous-entendus. Finalement, le père Ilie ouvrit la porte du sanctuaire et leur fit signe d'entrer dans le narthex. Ana se confessa en premier et ressortit au bout de longues minutes, les yeux rougis par les larmes, cachant son visage avec son foulard.

— Le prêtre t'attend, murmura-t-elle à sa fille qui patientait dans le vestibule.

Eugenia poussa la lourde porte qui s'ouvrait sur la nef. La chapelle était encore sombre, car peu de cierges brûlaient à cette heure de la matinée. Seule l'iconostase était illuminée par de grosses lampes à huile. Eugenia pouvait vaguement distinguer les visages des saints sur les fresques des murs. Les hiérarques l'observaient d'un air inquisiteur. "Confesse-toi vraiment !" semblaient-ils lui chuchoter à l'oreille. Une odeur d'encens se propageait dans le sanctuaire, remontant jusqu'au dôme. Eugenia reconnut le père Ilie qui se tenait debout face à l'autel. Avec sa grande tunique dorée, ce petit homme dégageait une présence exceptionnelle. Malgré la pénombre, le prêtre irradiait une lumière blanche qui, tel un champ magnétique, attirait vers elle les fidèles. Eugenia s'approcha en silence et se blottit à ses côtés. Ilie ne se retourna pas. Il avait les yeux fermés et se tenait en prière. Tous deux faisaient face à l'iconostase. Quand il releva la tête, le prêtre fit un signe de croix et commença la célébration :

— Aie pitié de nous, Seigneur, aie pitié de nous…

En ce lieu saint, Eugenia se sentait envahie d'une profonde componction. Elle voulait se libérer de son terrible secret. Ilie poursuivit :

— Sœur, n'aie pas honte de te confesser, car c'est à Dieu que tu t'adresses…

Un silence s'ensuivit et Eugenia murmura entre ses lèvres :

— *Părinte*, le secret de la confession est-il absolu ?

— Il est sacré et ne peut être rompu sous aucun prétexte, lui répondit le prêtre. Je ne suis que l'intermédiaire du Très-Haut. Parle sans crainte, rien de ce que tu diras ne sortira d'ici.

— J'ai un grave péché qui me hante, dit Eugenia, la voix chevrotante. Mon frère, Victor, n'est pas mort. Il est vivant et nous le cachons dans notre maison.

Ilie ferma les paupières et serra le crucifix qu'il tenait dans sa main.

— Je sais que c'est un grand péché, poursuivit Eugenia, car il a tué la pauvre Anita. Mais j'ai juré à ma mère de ne jamais le dénoncer. Il n'y a qu'à Dieu que je puisse dire cela.

Le prêtre rouvrit les yeux et fixa du regard les icônes.

— Tu dois respecter ta promesse, Eugenia, et, après cette confession, ne plus jamais en parler à personne. Ton frère a commis une grave faute, mais il peut encore être sauvé. Dieu ne veut pas la mort du pécheur mais qu'il se convertisse et qu'il vive !

— Comment peut-il être sauvé après ce qu'il a fait ?

— Ce qui semble impossible aux hommes est possible à Dieu. Après Pâques, j'irai lui parler.

Eugenia acquiesça du regard, puis se mit à genoux, la tête inclinée. Ilie la recouvrit de son étole et prononça les paroles d'absolution en traçant un signe de croix sur elle :

— Que Dieu te pardonne toute faute, par l'intermédiaire du pécheur que je suis.

Eugenia se releva et lui embrassa la main.

— Va, et désormais ne pèche plus, lui dit-il d'une voix douce.

La jeune fille quitta l'église le cœur léger. En chemin, les deux femmes n'échangèrent aucune parole. Ce n'est qu'une fois sur la colline, qu'Eugenia dit à sa mère :

— *Mamă*, j'ai tout dit au prêtre. C'était trop lourd pour moi.

— Tu n'as fait que soulager ta conscience, répondit Ana.

— Tu ne m'en veux pas ?

— Comment pourrais-je t'en vouloir, ma fille, puisque ce matin j'ai moi-même confessé la même chose !

— Oh…! s'exclama Eugenia. Victor risque de se sentir trahi.

— Il est déjà au courant, dit Ana d'un ton cinglant. En fait, il souhaitait cette confession. Lui aussi avait besoin de se libérer. Nous allons rentrer chez nous et attendre la visite du père Ilie.

Les deux femmes marchèrent encore quelques centaines de mètres sur le chemin sinueux qui longeait la forêt. A l'orée du bois, elles aperçurent la toiture argentée de leur maison qui dépassait des arbres. A la fenêtre, caché derrière les rideaux, Victor épiait leur retour avec anxiété.

## VI

La silhouette cheminait comme un fantôme le long du sentier. Le vent s'était levé et battait dans sa soutane. Au loin, il donnait l'impression de chanceler, prêt à tomber. Le prêtre portait sur la tête un petit chapeau noir sans rebord, juste décoré d'un fin liseré pourpre. Régulièrement, il jetait un regard vers le ciel. S'il ne gravissait pas cette colline sans tarder, il risquait d'être pris dans la tourmente. Le vent poussait déjà les gros nuages noirs vers Slobozia. L'horizon commençait à s'obscurcir et la pénombre gagnait la forêt. Un orage allait éclater, peut-être même une tempête. Les paysans étaient tous rentrés chez eux, occupés à parquer les animaux ou mettre le fourrage à l'abri. Il n'y avait plus personne dans la forêt. L'homme, qui ne voulait pas être vu, avait volontairement choisi cette journée qui s'annonçait terrible, pour se rendre chez Victor Luca. Il hâtait le pas en tenant, serrée contre lui, une grande sacoche en cuir. Quand il sortait du bois à découvert, les bourrasques de vent qui soufflaient en rafales l'obligeaient presque à reculer. Il marquait par moments une courte pause, puis reprenait sa route. Il lui tardait d'entrer dans les bosquets pour être enfin à l'abri. Sous la pluie, le prêtre aperçut la maison. Un éclair fendit le ciel, suivi d'un coup de tonnerre retentissant. Il poussa le portail de la cour sans faire sonner la cloche. Il n'avait pas le temps. Il frappa à la porte du vestibule en proclamant la traditionnelle salutation pascale :

— Le Christ est ressuscité !

Ana ouvrit en répondant :

— En vérité, il est ressuscité !

Ilie bénit Eugenia en entrant dans l'humble demeure et s'arrêta dans la cuisine. Victor se tenait face à lui. Le jeune homme avait beaucoup changé. Sa réclusion durait déjà depuis deux années. Il n'avait plus rien du colosse effrayant qui lui avait valu le surnom de "Bœuf muet". Victor avait perdu tellement de poids qu'il avait désormais l'allure d'un grand escogriffe flottant dans ses vêtements. Son séjour prolongé à l'intérieur, lié à son manque d'activité, lui avait voûté le dos. Une courte barbe mal taillée barbouillait son visage amaigri et ses cheveux longs étaient rabattus en arrière. Le jeune homme s'approcha d'Ilie, et s'agenouilla devant lui pour lui baiser la main. Le prêtre fit un signe de croix sur sa tête, puis lui saisit le bras pour l'aider à se relever.

— J'ai pas voulu lui faire mal… dit Victor.

— Ce qui est fait est fait, répondit le prêtre.

— *Părinte*, vais-je brûler en Enfer ?

— Dieu seul le sait. Mais si je suis ici, c'est pour te guider sur la voie qui mène au Paradis.

Ilie ôta son chapeau et tous les quatre s'assirent autour de la table. Le prêtre posa sa lourde sacoche sur ses genoux et en sortit des cahiers. Les trois hôtes regardèrent les carnets d'un air interrogatif. Ana en saisit un et le feuilleta. Rien. De simples blocs de papier vierge.

— Ce sont des cahiers de classe, comme ceux de l'école, s'exclama Victor. Tu te souviens, petite sœur ?

— Oui, reprit Ilie. De simples cahiers d'écolier.

— Qu'attendez-vous de moi, *Părinte* ? demanda Victor.

— Mes enfants, vous ne vous rendez pas compte à quel point la vie est difficile pour l'Eglise. Avec Ceau escu, la Roumanie est devenue une nation sans Dieu.

A ces mots, Ana eut un mouvement de recul et se signa comme pour repousser la malédiction.

— Mais pourtant l'Eglise n'est pas interdite ! s'exclama-t-elle.

— Nos dirigeants sont vicieux. Ils savent qu'interdire l'Eglise n'est pas la solution. Les persécutions font naître des martyrs. Or les martyrs renforcent la foi. Le régime cherche plutôt à nous discréditer de l'intérieur.

— Salir l'Eglise ? Mais comment ? reprit Ana.

— Le Parti s'arrange pour que seuls les pires séminaristes soient ordonnés. Mon fils, par exemple, ne deviendra jamais prêtre. Il est trop honnête pour cela. Il sera certainement affecté dans une usine, à un poste de contremaître.

— Et vous, *Părinte*, que va-t-il vous arriver ? demanda avec inquiétude Victor.

— A mon âge, ils ne peuvent plus me renvoyer. Mais je dois rester sur mes gardes.

A l'extérieur, l'orage avait éclaté. Des trombes d'eau s'abattaient sur les arbres. L'inquiétude gagnait la tablée quand Eugenia se décida à prendre la parole :

— Pourtant, chaque dimanche, la paroisse est bondée.

— Oui, mais je suis surveillé en permanence. Vous avez sûrement remarqué qu'un étranger vient noter mes propos. Puis il repart.

— C'est vrai, je l'ai vu ! confirma Eugenia, d'habitude si réservée.

— C'est un membre de la police politique, la Securitate, lâcha le prêtre. Il vient de Iaşi et rédige des rapports sur moi. A la moindre critique du régime, je serai arrêté et déporté. Tous les prêtres sont contrôlés par le Parti.

— Mais on dit aussi que beaucoup de prêtres fuient à l'étranger pour de l'argent, ajouta Ana.

— Ne croyez pas ça, mes enfants, soupira Ilie. La plupart sont prisonniers dans des camps.

Ana, Victor et Eugenia étaient atterrés par ce qu'ils venaient d'apprendre. Une vague de persécutions s'était abattue sur l'Eglise, et eux restaient tranquillement dans leur maison, indifférents à la catastrophe. Ana se leva et se dirigea vers la fenêtre pour jauger l'orage. En quelques minutes, la cour de la maison était devenue un vaste cloaque boueux.

— Moi, je suis prêt à me battre ! dit Victor d'un ton décidé.

Le prêtre le regarda dans les yeux et plongea sa main dans la sacoche. Il en sortit un livre religieux qu'il posa sur la table à côté des cahiers.

Victor et Eugenia ouvrirent de grands yeux, curieux de découvrir l'ouvrage.

— Les livres du séminaire de Iaşi ont tous été saisis et brûlés, reprit Ilie. Nous avions là-bas une petite imprimerie clandestine qui nous permettait de diffuser les livres interdits par la censure. La Securitate a tout détruit. Désormais nous n'avons plus qu'un seul moyen de communiquer.

Le prêtre plaça un cahier devant Victor et ajouta :

— Nous devons recopier les ouvrages un à un, à la main, afin de les diffuser aux fidèles. Certains collectent le papier, d'autres les flacons d'encre. Nous avons des copistes et des volontaires qui distribuent les cahiers. C'est notre manière à nous de résister. Voilà, mon frère, la pénitence que je te demande. Je respecte ton choix de ne pas vouloir te livrer à un pouvoir athée. Mais dans ta réclusion volontaire, je te demande de nous aider dans cette œuvre. Tu écriras, Victor. Le jour, la nuit, à t'en tordre les doigts de douleur, tu écriras. Pour ton salut…

— Vous pouvez me faire confiance, répondit Victor, je m'appliquerai.

Puis le prêtre se tourna vers Ana et Eugenia, et leur dit :

— Si nous sommes découverts, nous périrons tous. Avez-vous conscience de votre engagement ?

— Nous l'acceptons comme la volonté de la Providence, souffla Ana sans détourner son regard de la fenêtre.

— Et toi, ma fille ?

— Notre vie a peu de prix sans la foi, dit Eugenia. J'accepte !

— Les originaux dont nous disposons sont précieux. Le plus souvent, ce sont des vies de saints ou des œuvres interdites rédigées par des dissidents. Les ouvrages nous parviennent au compte-gouttes. Je n'en maîtrise pas la fréquence, mais convenons de la chose suivante.

Chacun était suspendu à ses lèvres.

— Chaque dimanche, à confesse, vous m'apporterez les cahiers recopiés. Vous les cacherez sous vos habits. Je vous donnerai d'autres cahiers et de l'encre pour la semaine suivante. Quand il y aura assez de copies, je vous confierai un autre livre.

Ils se levèrent et se tournèrent vers l'icône du Sauveur. Le prêtre entonna un cantique, puis prononça une bénédiction comme pour sceller le pacte qu'ils venaient de passer. A l'extérieur, une pluie battante frappait aux fenêtres. Ilie mit son chapeau et sortit.

— Restez, *Părinte*, vous partirez après l'orage, proposa Eugenia.

— Ce serait trop risqué. C'est le bon moment pour sortir, car avec cette tempête je ne croiserai personne en chemin.

Il quitta la maison, traversa la cour en s'enfonçant dans la boue et, sans se retourner, s'engouffra dans la forêt. La pluie l'empêchait de voir à plus de dix mètres devant lui. Sans cela, il aurait certainement aperçu la silhouette qui se tenait derrière un grand chêne. Dissimulé par la végétation, un homme suivait du regard le prêtre qui s'éloignait. L'inconnu fit demi-tour, écarta un buisson, et disparut dans les fourrés. Il poursuivit sa marche encore quelques minutes. La pluie battante ne semblait pas l'atteindre. Son pas léger foulait le sentier glissant qui s'enfonçait dans les bois. Par des gestes puissants, il repoussait les broussailles pour se frayer un chemin. A la lisière d'un taillis, il s'arrêta et tourna instinctivement la tête de gauche à droite pour vérifier que personne ne l'avait vu. Il tira sur une corde qui entrouvrit une trappe, et, sans hésiter, s'engouffra dans le trou qui se présentait à lui.

Loin des rumeurs du village, l'homme vivait là, dans cet abri de fortune qui ressemblait plus à une taupinière qu'à une maison. Il s'agissait d'un *bordeï*, une de ces anciennes habitations moldaves qui aujourd'hui ont presque toutes disparu. La tradition d'enterrer les cabanes remontait aux invasions turques. Pour se protéger des razzias, les paysans creusaient à même le sol un grand fossé qu'ils isolaient avec des briques de terre argileuse et recouvraient d'une charpente plate enduite de terre battue. Après quelques mois, ce toit de fortune était gagné par une végétation rase qui cachait complètement le *bordeï*. Une trappe en guise d'accès et une cheminée dans la toiture pour laisser la fumée du poêle s'évacuer constituaient les seules ouvertures de cet antre. Ces terriers étaient bien sûr très inconfortables. Une humidité permanente y rendait la vie difficile. En hiver, il n'était pas rare que la fumée du poêle envahisse la tanière au point de faire suffoquer les habitants. Mais l'efficacité recherchée par ses concepteurs était indéniable. On pouvait passer à plusieurs reprises à côté d'un tel refuge sans même le remarquer. Seule la fumée pouvait éveiller un soupçon. Au temps des grandes invasions ottomanes, les paysans moldaves ne durent leur salut qu'à ce stratagème. Blottis au fond de leurs cachettes, ils attendaient le départ des Turcs qui, ne trouvant rien à piller, finissaient par rebrousser chemin. Notre homme était le dernier à Slobozia à vivre ainsi. On le connaissait sous le nom d'Ismaïl le Tzigane. Petit et trapu, ses bras noueux étaient recouverts de griffures et de profondes cicatrices. Son teint mat, ses yeux sombres et ses joues taillées comme des couteaux lui donnaient l'allure d'un brahmane indien. Ses longs cheveux noirs plaqués en arrière étaient toujours couverts d'un chapeau de paille l'été, et d'une toque de fourrure l'hiver. Il ne portait comme habit qu'une épaisse chemise de bure qui retombait sur ses jambes jusqu'aux genoux. Une large ceinture de cuir resserrait sa tunique à la taille. Sur son côté, pendait un fourreau en bois dans lequel était enfilée une longue serpe, effilée comme un rasoir. Les jours de grand froid, l'homme était affublé d'une peau de mouton qui lui donnait une allure terrifiante. Dans la pénombre des bois, avec sa pelisse et son couvre-chef, il ressemblait davantage à un *moroï* qu'à un humain. Le Tzigane avait la réputation d'être un sorcier. Il savait se déplacer à travers la forêt dans une totale discrétion, sans faire le moindre bruit. Mais il lui arrivait aussi de pousser de longs cris inexpliqués qui rappelaient ceux qu'émettent les bergers pour réunir leur troupeau. Parfois, le promeneur égaré entendait monter jusqu'à lui un puissant "iiiiiiiiiuuuuuuu", à lui glacer le sang. Pour certains, Ismaïl chassait de la sorte les mauvais esprits. Pour d'autres, au contraire, il communiquait de cette façon avec le Démon. Si chacun avait sa version, une chose était certaine : tout le monde au village était effrayé à la seule évocation de son nom. Personne ne savait d'où il venait, ni quand il était arrivé dans la région. Les vieilles femmes racontaient même qu'il aurait toujours été là. Leurs grands-mères parlaient déjà de lui. L'homme jetait des sorts, c'est pourquoi il était craint, mais aussi respecté. Nul n'avait jamais osé l'inquiéter. Ni l'Eglise, qui officiellement condamnait la sorcellerie comme un paganisme ; ni les communistes, qui par athéisme rejetaient la superstition. Chacun savait qu'un jour ou l'autre, il pourrait avoir besoin des remèdes du Tzigane. Car le sorcier soignait tous les maux. Il guérissait du mauvais œil en apposant sur le front du possédé une fiole remplie d'huile. Des mères lui amenaient en cachette leur enfant malade. L'homme faisait alors bouillir de l'eau dans une grande bassine en cuivre dans laquelle il laissait infuser de la marjolaine sauvage mêlée à du vinaigre. Puis, saisissant l'enfant à bout de bras, il le tenait au-dessus des vapeurs en récitant des incantations. Il arrivait parfois que certains villageois lui laissent de grosses liasses de billets en remerciement des services rendus car, même si personne ne voulait l'admettre, Ismaïl était la conscience secrète de Slobozia. Peut-être plus encore que le prêtre qui confesse ses paroissiens, il connaissait les mystères que chacun voulait cacher. Il savait tout et voyait tout, comme il avait vu le père Ilie quitter subrepticement la maison des Luca. Mais Ismaïl était dans la forêt comme un moine dans son cloître. Jamais il ne livrait ses secrets. Dans cet univers où tout semblait le condamner, une place à part lui était réservée. Et c'était là tout le paradoxe de cette Roumanie officiellement sans Dieu, mais dans laquelle la culture chrétienne toujours présente restait traversée de profondes réminiscences païennes.

## VII

Victor ouvrit un cahier et prit sa plume. Sa main tremblait au moment d'écrire le premier mot du texte qu'il découvrait. D'un geste méthodique et lent, il traça de grosses lettres capitales sur la feuille. Le manuscrit était dactylographié en roumain sur un papier de mauvaise qualité. Une reliure artisanale rattachait les pages entre elles. Aucun éditeur n'était mentionné, ce qui confirmait le caractère clandestin de la publication. L'œuvre était retranscrite du russe par un traducteur volontairement resté anonyme, probablement un dissident politique. Victor recopia le texte avec grand soin. Il ne voulait commettre aucune erreur qui aurait pu déformer le sens de ce témoignage. Hors de question aussi de gaspiller le précieux papier en recommençant un exemplaire. Aussi Ana et Eugenia veillaient-elles discrètement en jetant des coups d'œil furtifs au-dessus de son épaule. Le travail avançait lentement, mais le résultat était de qualité. Victor formait ses lettres d'une façon inimitable qui rendait son écriture, bien que très lisible, reconnaissable entre mille. En une semaine, un premier cahier fut achevé. C'était lent, mais le père Ilie était convaincu qu'il s'améliorerait avec le temps. Tel un copiste dans son *scriptorium*, Victor écrivait avec la régularité d'un ascète. Après une cinquantaine d'opuscules, il connaissait si bien la narration qu'il pouvait presque la réciter par cœur. Au bout d'une année de labeur sur l'œuvre, Ilie reprit l'ouvrage et en transmit un autre à Victor, qui avait enfin trouvé un sens à son existence. Il entretenait le noble sentiment de servir l'Eglise, tel un anachorète au désert. De son côté, Ilie arpentait les campagnes, diffusant discrètement les copies que lui transmettaient les deux femmes. Le prêtre pensait que la rédemption de Victor pouvait venir certes de cette ascèse d'écriture, mais surtout de la méditation assidue des textes. Si en écrivant il prenait conscience de la gravité de son crime, alors peut-être, avec l'aide de Dieu, Victor sauverait-il son âme.

La vie dans la petite bâtisse ressemblait à celle d'un bonheur retrouvé. Les années passèrent et chacun finit par trouver sa place dans cet univers clos. Ana s'occupait de la ferme pendant qu'Eugenia vaquait aux tâches ménagères. Victor, lui, passait son temps à recopier les manuscrits. Eugenia confectionnait elle-même les habits de son frère afin d'écarter les soupçons qu'aurait pu avoir le tailleur du village. Elle assemblait des chemises sommairement dessinées et des pantalons le plus souvent mal découpés.

Le froid mordant de ce mois de janvier 1989 avait gagné Slobozia pour d'interminables semaines de solitude. Parfois, à l'aube, quand le jour se levait à peine et que les villageois dormaient encore, Victor sortait dans la cour pour respirer l'air frais du matin. Enroulé dans une épaisse couverture, il faisait quelques pas dans la cour et s'avançait jusqu'à la clôture d'où il observait les arbres recouverts des premières neiges. Ce n'est qu'au bout de longues minutes que Victor se décidait à rentrer à l'intérieur. Il n'était jamais très prudent pour lui de rester dehors en plein jour, à la merci d'un visiteur de passage. D'un geste vif, il rabattait la frange de la couverture sur sa tête, puis se mettait à sautiller dans la neige pour rejoindre la maison et ne plus en sortir. Sa bonne santé était une chance, car jamais au fil des ans, il ne fut malade au point de devoir recourir à un médecin. Ana élaborait de savantes mixtures de plantes sauvages qu'elle lui administrait en infusion. Tout semblait pouvoir durer ainsi des décennies. Mais cet hiver-là, Victor tomba malade. Lui, habituellement si solide, était affaibli depuis plusieurs jours par une fièvre persistante. Affairé à sa table de travail, une violente quinte de toux ponctuait sa respiration, l'obligeant à suspendre la copie de son livre. Ana se reposait au coin du feu en regardant Eugenia concocter un vin chaud, mêlé à de la cannelle. La cloche du portail avait-elle sonné ? Personne ne l'avait entendue. Pas plus que les pas dans la cour, qu'un épais manteau neigeux amortissait. Soudain, un bruit sourd retentit dans le vestibule. Eugenia sursauta et renversa un peu de vin sur la table. Ana se redressa brusquement et s'avança vers l'entrée. Derrière la vitre recouverte d'une épaisse buée, elle reconnut la silhouette du brigadier Simion Pop. Son visage se décomposa.

— Eugenia ! La police est là ! lança-t-elle à sa fille.

La jeune femme quitta en vitesse la cuisine et se précipita dans la chambre. Le policier fit un salut militaire de la main.

— Camarade Luca, puis-je entrer ? Je dois te poser quelques questions.

— Entre, brigadier, lui répondit-elle en ouvrant la porte.

Simion pénétra dans la cuisine avec une certaine appréhension. Il n'était pas revenu ici depuis plus de dix-huit ans, depuis ce terrible été où, durant plusieurs jours, il avait traqué Victor Luca. Pour cacher sa gêne, l'homme se tenait bien droit dans son bel uniforme. Ses chaussures, trempées par la neige, dégoulinaient d'eau sur le plancher. Il ôta sa toque de fourrure noire sur laquelle brillait un insigne argenté.

— Cela sent bon, dit Simion en respirant l'odeur du vin chaud.

— Veux-tu un verre ? demanda Ana.

— Je suis en service, se ressaisit le policier. J'irai droit au but. Nous venons d'arrêter le prêtre Ilie Mitran pour haute trahison.

— Trahison ?! C'est impossible !

— C'est un espion à la solde de l'étranger. Nous avons la preuve qu'il diffusait de la propagande contre notre pays.

A ces mots, Ana comprit que le père Ilie avait été démasqué. La Securitate avait trouvé les manuscrits et cherchait certainement à en identifier les auteurs. Son visage se figea. Pourtant, elle s'efforça de ne laisser transparaître aucun sentiment. Le policier sortit un gros cahier de sa mallette en cuir.

— Tu dois recopier ce texte sur le registre. La Securitate exige que tous les habitants du village se prêtent à l'exercice.

Il ouvrit le livret et feuilleta les pages. Déjà, des dizaines de villageois avaient recopié le même texte. Ana s'assit à la table de la cuisine et prit le stylo que Simion lui tendait.

— Précise d'abord ton nom et ton prénom, puis écris ces phrases.

Il lui présenta une page dactylographiée sur laquelle on pouvait lire une citation de propagande :

*Il n'est pas d'homme sur la terre de Roumanie qui n'écoute la parole de notre très cher camarade président, Nicolae Ceauşescu ; nul fleuve, nul arbre, nulle pierre qui ne connaisse sa marche déterminée ; car du lever au coucher du soleil, sans connaître de repos, Il est l'infatigable architecte du Socialisme.*

Ana s'appliquait dans son geste. Elle n'avait plus écrit depuis des années et peinait à former les lettres. Alors qu'elle achevait sa dictée, des toussotements incontrôlés retentirent sous le toit. Simion leva les yeux au plafond, en fronçant les sourcils.

— Ma fille est malade, dit Ana en devançant les interrogations du policier.

— Elle aussi doit compléter le registre, répondit Simion sans quitter les combles du regard.

Il s'avança vers la chambre et ouvrit la porte sans frapper. Simion reconnut Eugenia, assise de dos sur le lit. La jeune femme semblait tenir quelque chose dans les mains, mais elle ne se retourna pas. Il allait la questionner quand elle se mit à tousser. Le policier esquissa un mouvement du pied. Encore un pas et il serait à l'intérieur. Ana l'interpella :

— Brigadier, si tu veux entrer il faut te déchausser !

La gêne transparaissait sur le visage de Simion. Il savait que ce qu'il s'apprêtait à faire était inconvenant. Personne n'oserait entrer dans cette pièce recouverte de tapis avec des chaussures mouillées. Il hésita. Un policier n'avait pas le droit de quitter sa tenue pendant son service. Or, ses brodequins, même sales, faisaient partie intégrante de son uniforme. D'un autre côté, son éducation lui interdisait de commettre un tel affront. Aussi resta-t-il sur le seuil de la porte pour s'adresser à Eugenia :

— Camarade, j'ai besoin de ton écriture. Si tu veux bien venir à la table de la cuisine…

Elle s'exécuta sans dire un mot. En refermant derrière elle la porte de la chambre, Eugenia laissa sur le lit les manuscrits que Victor n'avait pas eu le temps d'emporter dans sa fuite. Si Simion était entré dans la pièce, il les aurait sûrement vus. Juste au-dessus, blotti dans sa cachette, Victor retenait son souffle et priait pour que sa toux ne reprenne pas. Pendant qu'Eugenia était attablée pour la copie, le policier ne cessa de lever les yeux au plafond. Ana sentit que la curiosité le gagnait. Aussi, dès que sa fille eut terminé d'écrire, elle lança :

— Brigadier, il est l'heure des vêpres. Tu resteras bien avec nous pour prier ?

Simion se mit à rougir. Comme tous les policiers, il était membre du Parti. Il lui était interdit de manifester une quelconque sensibilité religieuse. Si on apprenait qu'il avait participé à un office religieux, il pourrait être sérieusement inquiété.

— Non, je… je croyais avoir entendu quelque chose sous le toit… marmonna-t-il, tout confus. Je voudrais vérifier…

Ana ne le laissa pas terminer sa phrase. Elle se tourna vers l'icône accrochée au-dessus du poêle et commença à psalmodier :

— Roi céleste consolateur, Esprit de Vérité, partout présent et remplissant tout…

Simion transpirait de plus en plus. Instinctivement, il regarda autour de lui pour vérifier que personne ne le voyait. Ana s'inclina longuement, touchant le sol de son index, puis se releva lentement en se signant. D'un geste brusque, le policier rangea le livret dans sa mallette, enfonça sa toque sur sa tête et d'un garde-à-vous maladroit salua les deux femmes qui poursuivaient leurs litanies. Il quitta la pièce à la hâte, traversa la cour sans se retourner et se dit en lui-même qu'il espérait ne plus jamais avoir à revenir dans cette maison. A l'intérieur, Ana ne cessa pas pour autant sa prière. Elle remerciait sincèrement Dieu d'avoir une fois de plus sauvé son fils. La trappe du plafond s'ouvrit, et Victor descendit en toussant. Il rejoignit les deux femmes et se mit lui aussi à entonner des cantiques de louanges. Victor et Eugenia souriaient de la ruse de leur mère. Celle-ci se tourna vers eux et leur lança d'un ton impassible :

— Mes enfants, c'est avec la prière que l'on fait fuir les démons !

Un grand éclat de rire envahit la maisonnée.

# VIII

*Zoltek,*
*Hôpital psychiatrique de Iaşi*

Vu de l'extérieur, le pénitencier ressemblait plus à une usine qu'à un goulag : des murs blancs percés de petites lucarnes, une grande cour intérieure que l'on devinait entre les bâtiments, et un long corridor entouré d'un simple grillage. Rien pour indiquer que l'on entrait dans un centre d'interrogatoire de la Securitate. Pas d'inscription sur le portique, juste un panneau sur lequel on pouvait lire : *Enfermement psychiatrique*. Pas de barbelés électrifiés ni de chiens aboyant sous les miradors. Seuls quelques gardes en faction autour du camp rappelaient au passant qu'il valait mieux ne pas trop s'approcher. En apparence donc, rien d'effrayant.

Agenouillé dans la cellule, l'homme se contorsionnait dans tous les sens pour échapper à la douleur. Il sentait que son bras était sur le point de rompre sous la pression.

— *Doamne*, viens-moi en aide… supplia le prêtre dans une ultime prière.

— Ta gueule ! hurla le bourreau. Tu appelles un fantôme ? Dieu n'existe pas !

Le geôlier tordait le bras du père Ilie de toutes ses forces. La peau du supplicié était déjà bleutée de coups. Sous l'effort, de grosses gouttes de sueur suintaient sur le front du tortionnaire. Dans son regard de brute, vide de tout sentiment, aucune émotion ne filtrait. L'homme s'appelait Tarkan et faisait partie de ces vauriens que la Securitate recrutait à la sortie des prisons. La plupart étaient des délinquants condamnés pour des délits de droit commun. Pour se racheter une conduite, certains s'engageaient dans la milice de Ceauşescu. Etait-ce son cas ? Qu'avait-il commis ? Des vols ? Certainement. Quelques bagarres aussi. Peut-être un viol. En tout cas, sa peine avait été allégée en échange de ses services dans ce centre de rééducation pour prisonniers politiques. Et Tarkan déployait tout son zèle à bien accomplir sa besogne. Il torturait avec une conscience professionnelle irréprochable. Le visage du père Ilie était déformé par la douleur. A force de crier sa souffrance, il avait fini par se briser les cordes vocales. Seul un gémissement sourd s'échappait encore du fond de sa gorge.

— Tu finiras par parler. Je les fais tous avouer. Même les plus durs, grommela le gardien.

Voyant qu'aucun aveu ne venait, Tarkan se résolut à relâcher le bras du prêtre. La chambre de torture ressemblait au cabinet médical d'un dispensaire de campagne. Les murs grisâtres étaient maculés de traces de sang séché. En guise de table d'examen, un établi métallique était solidement riveté au sol. Aux quatre coins de ce billard improvisé, de grosses lanières en cuir laissaient deviner le terrible usage de l'appareil. La pièce comportait une lucarne ouverte sur une cour intérieure. De jour comme de nuit, une ampoule grésillante éclairait le local. Tarkan se dirigea vers une armoire dont il ouvrit grand la porte. Il scruta attentivement les différents objets rangés à l'intérieur. Ilie leva la tête et en observa lui aussi le contenu. Le coffre en fer renfermait l'outillage du parfait bourreau. Des matraques, des cordes, des lames, un marteau, des étaux de menuisier et bien d'autres objets dont le prêtre ne pouvait même pas imaginer l'utilisation. Les mains appuyées sur ses hanches, le geôlier pesait le pour et le contre de chaque objet. Puis, il se ravisa et se dirigea vers une baignoire qui était remplie d'eau et de sang. Il se retourna vers Ilie et lui dit en souriant :

— Alors, prêtre, tu ne veux toujours pas me dire qui sont tes complices ?

Un rictus sadique déformait le visage de Tarkan. Ilie ferma les yeux et se mit à prier. Le geôlier lui plongea une première fois la tête dans l'eau. De ses gros bras, Tarkan appuyait sur la nuque du prêtre pour l'empêcher de reprendre son souffle. Il comptait quelques secondes et ressortait le supplicié, puis le replongeait de nouveau dans ce bain glacé.

— Parle ! Mais parle donc ou je te tue ! cria le bourreau.

A la cinquième reprise, le corps du père Ilie ne bougeait déjà plus. Tarkan saisit son poignet et lui prit le pouls.

— Merde ! J'en étais sûr. Maintenant tout est à recommencer ! soupira-t-il.

Le larron entrouvrit la porte et lança à deux gardiens qui fumaient dans le couloir :

— Venez le chercher ! Ramenez-le dans sa cellule et prévenez-moi quand il aura repris connaissance. Je m'occuperai de lui… autrement.

Les hommes jetèrent le prêtre sur une civière et le transportèrent ainsi à travers un méandre de coursives. Des infirmiers en blouse blanche parcouraient les bâtiments, allant d'une salle de torture à une autre pour s'assurer que les détenus ne mouraient pas trop vite sous les coups, du moins pas avant d'avoir avoué leurs secrets. Quand le convoi passait devant certaines pièces, des hurlements de souffrance s'échappaient de derrière les grilles. Ils traversèrent le centre du pénitencier, longeant un vaste espace à ciel ouvert qui ressemblait à un patio où des hommes à genoux nettoyaient le sol de la cour à l'aide de leur tunique. Des gardiens se tenaient debout à côté d'eux, de longs bâtons à la main. Lorsqu'un prisonnier ralentissait la cadence ou tombait d'épuisement face contre terre, les matons se jetaient à plusieurs sur lui et le matraquaient jusqu'à ce que l'homme ne bouge plus du tout. Ils le regardaient, ainsi étalé dans une mare de sang, puis allumaient une cigarette apparemment très satisfaits d'eux-mêmes. Les gardiens qui transportaient le père Ilie Mitran passèrent leur chemin et arrivèrent finalement à l'autre bout du camp. Devant une cellule, un médecin et un prêtre attendaient en faisant les cent pas. Le corps d'Ilie fut déposé sur une paillasse à même le sol. Le médecin ajusta ses petites lunettes rondes en les repoussant sur son nez à l'aide du pouce, et examinant le prisonnier, dit :

— Bien, bien… Il survivra.

Le prêtre qui était avec lui entra dans la cellule et s'assit à côté du père Ilie.

— Maintenant, qu'on me laisse seul avec lui, ordonna-t-il aux gardiens qui refermèrent la lourde porte derrière eux. Il caressa la tête d'Ilie et lui souffla d'une voix douce :

— Réveillez-vous, *Părinte*…

Le père Ilie entrouvrit une paupière, puis l'autre. Il vit la face radieuse de l'homme qui se tenait face à lui, mais dans la pénombre du cachot, distingua mal les contours de son visage. Les rayons du soleil, qui entraient dans la pièce par de petites ouvertures, venaient éclairer la nuque du prêtre, donnant l'impression en contre-jour que sa tête était nimbée de flammes de feu.

— *Părinte,* comment ça va ?

— Je ne sens plus mon dos, répondit Ilie.

— Je vais vous aider à vous relever. Tenez-vous à mon bras.

D'un geste lent et attentionné, il aida Ilie à s'asseoir sur le rebord du lit, ou plutôt sur la paillasse inconfortable qui servait de couche aux prisonniers.

— Je suis l'aumônier du camp, ajouta le prêtre. Je m'appelle Ion Fătu.

— Je suis… je suis… essaya de répondre le père Ilie dans une grimace de douleur. Il avait la mâchoire brisée et peinait à prononcer les mots.

— Je sais qui vous êtes, s'exclama Fătu. A Zoltek, on parle beaucoup de vous. Les autres prisonniers savent que vous avez organisé un réseau de résistance.

Ilie restait silencieux. Le froid glacial de l'hiver pénétrait dans cette cellule sans chauffage. L'humidité remontait le long des murs crasseux, et les gros barreaux aux fenêtres étaient là pour briser les rêves d'évasion des plus téméraires. Car on ne s'échappait pas de Zoltek.

— Père Ilie, vous avez survécu aux limites de ce qu'un homme peut supporter. Ils vous pousseront à bout. Quand le bourreau reviendra, qui sait ce qui vous attend ?

— Dieu me soutient dans ce combat.

— Vous ne devriez pas surestimer vos forces. A dire vrai, *Părinte*, si je vous parle de cela, c'est qu'une mission m'a été confiée.

— Une mission ? demanda Ilie, curieux d'en savoir davantage.

— L'évêque Ilarion est emprisonné dans ce camp, murmura l'aumônier sur le ton de la confidence.

— Ilarion de Braşov ?

— Oui.

— Que me veut-il ?

— Il a peur que vous parliez sous la torture. Que vous donniez le nom de vos complices à la Securitate.

— Je n'ai rien dit.

— D'autres finissent par parler, avertit Fătu.

— Pas moi, répliqua Ilie.

— Tarkan, par exemple. Il les fait tous avouer. Connaissez-vous son jeu favori ?

Ilie ne prêtait pas attention à ces propos. Recroquevillé sur sa paillasse, il regardait le ciel à travers l'embrasure d'une fenêtre. Fătu reprit :

— Quand Tarkan veut faire parler quelqu'un, il lui attache les mains dans le dos et le fait s'agenouiller. Puis il le frappe avec une violence inouïe à coups de pied dans la bouche. Le malheureux crache ses dents les unes après les autres. Parfois la mâchoire se broie sous le choc. Faute de soins, les prisonniers meurent de leurs blessures dans d'atroces souffrances. *Părinte*, personne ne peut résister à cela !

L'aumônier sortit une petite fiole de sa manche et la montra au père Ilie.

— Du poison ! s'exclama Ilie. *Doamne !*

— Dans des cas extrêmes, l'Eglise peut tolérer des remèdes qu'elle condamne habituellement. Pour sauver d'autres vies…

— Je ne me suiciderai pas et je ne dénoncerai personne.

— Alors, Père, confiez-moi au moins le nom des fidèles qui vous ont aidé. Nous les mettrons à l'abri. Si jamais vous craquez…

— De quels fidèles parlez-vous ? Je n'ai jamais eu de complices. J'ai toujours agi seul…

Fătu inclina la tête. Il entendait déjà les matons revenir. Dans le long couloir de la prison, les cris des gardiens se mêlaient au bruit sourd de leurs matraques heurtant les barreaux des cachots. La porte de la cellule s'entrouvrit et Ilie reconnut le visage d'un médecin du camp. Les geôliers souriaient tout en tapotant de la main leurs gourdins. Les deux hommes s'emparèrent du prêtre et le soulevèrent d'un mouvement énergique.

— Priez pour moi, lança Ilie quand ils l'emmenèrent. Nous nous reverrons au Paradis !

Fătu ne lui répondit pas. Il regarda le prêtre se faire traîner dans le couloir. Le médecin rajusta ses lunettes avec son pouce et demanda à l'aumônier :

— A-t-il livré des noms ?

— Non. Je crois qu'il ne dira rien.

— Bien, bien… C'est ce que nous verrons, marmonna l'homme en blanc. Laissons-le à Tarkan.

— C'est notre dernière chance, ajouta Fătu.

# IX

A Slobozia, les semaines passèrent et l'enquête ne donna aucun résultat. Les autorités finirent par annoncer que le père Ilie s'était enfui à l'étranger. Cela permettait à la fois d'accréditer la thèse de l'espionnage et de faire admettre aux villageois qu'il ne reviendrait pas. Pour Ana Luca, le message était clair. Le prêtre avait été arrêté, peut-être même tué par la Securitate. Cela signifiait aussi qu'il n'avait pas livré ses complices, puisque aucune arrestation n'avait suivi cette disparition. Ana Luca comprit qu'il fallait poursuivre l'œuvre du père Ilie en secret, et stocker les manuscrits dans le grenier, en attendant des jours meilleurs pour reprendre leur diffusion. Il fut donc décidé que Victor continuerait à recopier le dernier livre en sa possession. Il s'agissait d'une *Vie des saints*. L'ouvrage compilait des notices sur les plus grands hiérarques de l'Eglise. Plusieurs noms figuraient pour chaque jour de l'année. En quelques lignes, leur vie était résumée dans un style souvent flamboyant destiné à édifier la foi des lecteurs. Bien entendu, ces livres étaient interdits par les autorités. L'œuvre, constituée d'un épais volume, était très longue à retranscrire. Il fallait plus d'un mois à Victor pour en faire une copie complète. Très vite, les cahiers vinrent à manquer et il fut urgent de s'en procurer d'autres. Eugenia prit l'habitude d'aller une fois par mois acheter en ville les blocs de papier. En quelques mois, les feuillets s'accumulèrent sous le toit, dans la cachette de Victor.

Ce n'est qu'au mois de juin que Ion Fătu fut envoyé à Slobozia. La Securitate lui avait confié la délicate mission de remplacer le père Ilie Mitran afin de résoudre l'enquête sur les cahiers interdits. Fătu était bien décidé à trouver les dissidents et à recevoir en récompense une belle promotion. Il arriva au village un jour de pluie, si bien que personne ne l'attendait devant la maison paroissiale. Quand il descendit de voiture, ses pieds s'enfoncèrent dans la boue qui recouvrait la cour.

— Pouah ! cria sa femme qui elle aussi venait de sortir du véhicule. Tu m'avais promis un poste en ville. Et voilà le bourbier où tu m'amènes !

Fătu regarda Marieta sans lui répondre. Il regarda la maison paroissiale en soufflant de déception. C'était une modeste bâtisse en briques de terre qui ressemblait davantage à une ferme qu'à un presbytère. Attenantes à l'habitation, il y avait une écurie fermée par un enclos et une grange pour le foin. Ce n'était pas vraiment ce à quoi le couple s'attendait, mais Fătu espérait bien que son passage à Slobozia ne serait que de courte durée. Il commença par décharger les sacs plastique empilés sur le toit de la vieille Dacia.

— Toutes nos affaires sont trempées par la pluie ! hurla Marieta. Je te préviens, je ne resterai pas longtemps dans ce trou.

— Je te promets qu'à Noël nous serons repartis d'ici.

Fătu avait grandi à la campagne. Il n'était pas inquiet. Ils se débrouilleraient. Il pourrait améliorer le quotidien en élevant quelques animaux. Et puis, même pauvres, les paysans sont généreux avec l'Eglise. Le pope craignait davantage pour sa femme qui venait de la ville. Elle n'était pas faite pour Slobozia.

Le lendemain de son arrivée, le nouveau prêtre traversa le village à pied en bénissant de la main les habitants qu'il croisait. L'homme était petit et menu, mais il marchait vite, par foulées rapprochées, gêné par les pans de sa soutane qu'il froissait bruyamment. Ses gestes, secs et courts à la fois, avaient quelque chose de mécanique qui, au premier abord, suscitaient la méfiance. Quand il parvint au niveau du poste de police, il aperçut Simion Pop qui se reposait sur le balcon.

— Dieu te bénisse, camarade-brigadier ! lança Fătu. Je remplace le père Ilie Mitran.

— Sois le bienvenu, camarade-prêtre, répondit le policier en s'appuyant sur la balustrade.

Fătu allait s'éloigner quand Simion ajouta :

— Quelle tristesse de voir tous ces popes qui fuient à l'étranger !

— Euh… oui. Un vrai scandale.

— J'espère que tu n'es pas de ceux-là…

— Où veux-tu en venir, camarade-brigadier ?

— On m'a parlé de toi, ajouta Simion. Tu n'as pas la réputation d'être un fanatique. Je veux dire, pas comme cet Ilie Mitran.

Fătu se rapprocha de la balustrade comme pour lui faire une confidence.

— Jésus n'a-t-il pas dit de "rendre à César ce qui est à César, et de laisser à Dieu ce qui est à Dieu" ?

— Je ne connais pas trop la Bible.

— Eh bien, cela signifie que l'Eglise ne doit pas se mêler de politique, un point c'est tout ! ajouta Fătu en montrant ses dents pointues comme des couteaux.

— Tu parles bien, le pope ! lança le policier. Je crois que nous allons nous entendre. J'aimerais pouvoir compter sur toi.

— En quoi puis-je t'aider ? demanda Fătu.

— Je mène l'enquête sur les cahiers d'Ilie Mitran. On dit que ses complices se cachent toujours dans ces bois. Mais où ?

— Tu connais la forêt mieux que moi, répondit le pope.

— C'est vrai, mais les gens se confessent à toi. Alors peut-être…

— Hum… marmonna Fătu en tournant la tête pour s'assurer que personne n'avait écouté leur conversation. Je te salue, camarade-brigadier, lança-t-il en partant.

95

— Dieu te bénisse, camarade-prêtre ! ironisa Simion Pop en esquissant un signe de bénédiction de la main.

De retour chez lui, Fătu raconta à sa femme son entrevue avec le policier.

— Le brigadier a compris, lui dit-il. On peut compter sur lui pour nous aider.

— Oui, mais il faudra jouer serré, soupira Marieta. Personne d'autre ne doit savoir ce que nous venons faire ici.

— Ne t'inquiète pas. L'affaire sera réglée avant l'hiver.

— Ion, promets-moi deux choses, supplia-t-elle.

— Demande…

— D'abord que nous retournions vite en ville…

— Je te le jure. Et quoi d'autre ?

— Je veux un enfant.

— Oh ! Encore cette histoire…

— Cela fait dix ans que nous sommes mariés et toujours rien. Nous sommes la risée de tes paroissiens. Tu baptises leurs mioches à longueur d'année et tu n'es pas capable de m'en donner un.

Fătu rentra la tête dans ses épaules en se disant qu'il n'y avait pas plus grande malédiction pour un prêtre que d'être stérile. Si cela continuait, il finirait par se discréditer aux yeux des fidèles. A la campagne, on considérait généralement qu'un prêtre sans enfant était le signe évident d'une absence de charisme. En somme, un abandon de Dieu. Si le

Seigneur, disait-on, avait retiré son Esprit au prêtre, alors son sacerdoce devenait nul. Parfois même, le prêtre finissait par quitter sa charge, et d'un commun accord avec son épouse, chacun entrait au monastère pour y terminer sa vie dans l'honneur. Ion Fătu ne voulait pas de cela. Il était prêt à tout pour surmonter son impuissance. Aussi déclara-t-il avec beaucoup de certitude :

— Marieta, je promets de te donner un enfant.

# X

Une nuée de moustiques dansait au-dessus du lac. Un geai prit son envol. D'un battement d'ailes, il traversa les joncs, frôlant de son plumage la surface de l'eau. Dans la chaleur de l'après-midi, *La Fosse aux Lions* semblait comme assoupie dans une profonde sieste estivale. Les parfums subtils des arbres se mêlaient à l'odeur suave de leur écorce. Par endroits, de gros essaims d'abeilles tournoyaient autour des rameaux en fleur pour y recueillir leur pollen. Le lac attendait quelque chose. Comme le calme avant la tempête, son repos se faisait inquiétant. Plus loin dans les collines, une chaleur étouffante pénétrait dans la petite maison des Luca. Comme l'été 1970, celui du drame, l'été 1989 s'annonçait caniculaire. Profitant de la fraîcheur de la forêt, Ana et Eugenia étaient parties de bonne heure pour ramasser des baies sauvages. Comme chaque jour depuis des années, Victor travaillait à son pupitre. Il recopiait la *Vie des saints* quand il eut une révélation. Un passage lui avait échappé. Pourtant, il avait déjà dû le retranscrire, mais ne s'en souvenait pas. Le livre était ouvert sur une page cornée qu'il avait l'impression de consulter pour la première fois. Sa main s'arrêta d'écrire et se mit à trembler. Il avait tellement de mal à croire ce qu'il découvrait qu'il reprit sa lecture plusieurs fois. Victor avait le sentiment que Dieu s'adressait directement à lui par ce biais. Le texte racontait la vie d'un dénommé Iacov d'Afula, qui avait vécu en Palestine aux premiers siècles. Ce moine était renommé dans la région pour son discernement spirituel et ses dons de guérisseur. Nombreux étaient les fidèles à venir le consulter pour obtenir un miracle. Indisposé par ces sollicitations incessantes, Iacov décida de se retirer dans un ermitage à l'écart de l'influence des hommes. Atteint d'orgueil, l'anachorète devint secrètement fier de ses vertus. Il en était arrivé à se considérer lui-même comme un saint. Aussi le Démon choisit-il cette faiblesse pour l'attaquer. Un jour, un marchand amena sa propre fille à l'ermite pour la délivrer d'un esprit malin. La jeune vierge semblait possédée par une influence extérieure qui chaque jour affaiblissait un peu plus son corps. A force de prières, le moine chassa les démons qui la tourmentaient et lui rendit la santé. Cependant, craignant une rechute, le père décida de laisser l'adolescente auprès du reclus. Elle resta donc à proximité de l'ermite quelque temps encore. A sa vue quotidienne, Iacov ne put réfréner ses ardeurs pour elle. Une nuit, tenté par le désir charnel, il abusa de l'innocente. Saisi par la peur d'être découvert, il commit alors l'irréparable et tua la fille, puis noya son corps dans un lac. Le lendemain, ayant mesuré la gravité de son acte, Iacov quitta son ermitage pour se réfugier dans un cimetière. Là, il trouva une fosse abandonnée dans laquelle il descendit pour méditer sur le sens de la mort. Touché de componction, il décida de ne plus en ressortir. Son séjour dans ce sépulcre dura dix années, pendant lesquelles il ne quittait le caveau que la nuit pour se nourrir d'herbes sauvages. Iacov mourut en ce lieu de relégation à plus de soixante-dix ans. Après sa mort, les chrétiens de la région érigèrent une église à l'emplacement même de sa pénitence. L'hagiographie précisait que longtemps Iacov fut vénéré tel un saint. Pour Victor, le message posthume du père Ilie était donc là, caché dans cette *Vie*. Par la rédemption exemplaire de Iacov d'Afula, le vieux prêtre de Slobozia avait voulu lui montrer que, malgré son crime, lui aussi pouvait être sauvé. Un grand sourire illumina son visage. Comme Iacov, Victor avait tué et, comme lui, il s'était réfugié dans une forme de réclusion. L'ermite palestinien avait passé dix ans dans le tombeau avant de devenir un saint. Victor Luca patientait depuis vingt ans dans cette maison. Il sentit la miséricorde de Dieu descendre sur lui. Il se crut pardonné et laissa échapper un cri de joie :

— Libre ! Je suis libre !

Il traversa la maison en courant et sortit dans la cour. Le ciel bleu semblait l'appeler à l'aventure. Les rayons du soleil chauffaient son visage pâle. Enfin, il pouvait revivre. Victor poussa le portail de la ferme et prit le sentier qui s'enfonçait dans les bois. Une agréable fraîcheur lui procura une sensation de bien-être. L'air hagard, il avançait en frôlant de la main les feuilles des arbres. Il avait perdu l'habitude de marcher sur ces chemins caillouteux qui perforaient ses semelles et tordaient ses chevilles. Instinctivement, sans trop s'en rendre compte, Victor s'engagea en direction de *La Fosse aux Lions*. Il voulait revoir cette amie fidèle qui ne l'avait jamais abandonné. Pour lui, *La Fosse* avait englouti le corps du vieux Tudor Luca comme on immerge nos plus terribles souvenirs dans les profondeurs de notre mémoire. Pour lui, elle avait repoussé les molosses de la police qui le pourchassaient, comme une mère fait barrage de son corps pour protéger ses enfants. *La Fosse* était pour Victor une présence mystérieuse et bienveillante. Il voulait sentir ces odeurs envoûtantes qui lui étaient si familières. Il ne pouvait plus attendre. Il se mit à courir vers le lac, trébuchant, se relevant et repartant de plus belle. Son cœur s'emballait dans sa poitrine.

— Quelle joie de te retrouver ! cria Victor en apercevant le rivage.

Inspirant à pleins poumons, il s'immobilisa face à l'eau stagnante. Le lac était plongé dans une léthargie qu'aucun bruit, aucun mouvement, aucun animal, ne venait perturber. Victor s'assit au bord de l'eau et se mit à pleurer. Il sanglotait comme un enfant qui, après s'être égaré dans le brouillard un jour de pluie, retrouve enfin sa maison. Il lança quelques cailloux à la surface dans l'espoir de les faire ricocher, mais il avait perdu la main depuis longtemps. Victor était resté un enfant dans un impressionnant corps d'adulte. Il s'apprêtait à repartir quand une silhouette lui apparut. Un vieux paysan s'avançait d'un air exténué. Victor se redressa et l'observa, presque tétanisé. Une angoisse incontrôlable monta en lui. C'était la première fois depuis la mort d'Anita Vulpescu que Victor rencontrait un habitant du village. L'homme allait-il le reconnaître ? Il était encore temps de s'enfuir. Pourtant, il ne bougea pas. Au fond, il voulait savoir. Quand l'individu arriva à son niveau, Victor l'identifia sans peine. C'était Vasile, le vieux fou qui avait l'habitude de venir pêcher au lac. Il marchait en titubant, ses gaules sur une épaule, un panier en osier sur l'autre. Il peinait à se tenir droit sur cette piste accidentée. En croisant Victor, l'homme porta la main à son chapeau et le salua d'un approximatif "Camarade !", puis, cahin-caha, fit encore quelques mètres, laissant derrière lui une traînée d'effluves d'alcool. Victor soupira de soulagement. Mais Vasile s'arrêta presque aussitôt et se retourna en ouvrant de grands yeux.

— Sainte Vierge ! Je te connais !

Victor restait sans voix. Il était pris au piège et ne savait comment réagir face à cette situation imprévue.

— Mais oui. Tu es… le fils Luca, ajouta l'homme. Celui qui a disparu voilà des années.

— Tu es encore ivre, vieux fou. Tu dois confondre. Je ne m'appelle pas Victor Luca. Je ne suis même pas du village.

— Tu dis ne pas être de Slobozia, mais tu sais comment s'appelait le fils d'Ana Luca. Ça alors, Victor ! Tu es toujours en vie. Ici tout le monde te croit mort.

— Je te dis que je ne suis pas cet homme !

Victor se mit à trembler de tous ses membres. Il recula de quelques pas et s'enfuit en courant. Le vieux Vasile le regarda détaler, médusé par ce qu'il venait de découvrir.

"Quelle histoire ! se dit le vieil homme. Quand je vais raconter ça au village, personne ne voudra me croire. Ça alors ! Le fils Luca est toujours en vie, et tout le monde à Slobozia l'ignore."

Vasile s'avança vers le lac et en scruta attentivement l'étendue. Par endroits, de petites perches sautaient hors de l'eau dans un léger clapotis.

— Ah, ah ! exulta le vieil homme en se frottant les mains. Où es-tu petit poisson ? Il faut d'abord que je m'occupe de toi. Je ne suis tout de même pas monté jusqu'ici pour rien.

Il entra dans l'eau jusqu'aux genoux, ses bottes s'enfonçant dans la boue. Il prépara sa canne et, d'un mouvement vif du poignet, jeta la ligne le plus loin possible de la rive. Le poisson frétillait à la surface.

"Ça y est ! Je t'ai eu !"

Une perche avait mordu à l'hameçon. S'il tirait d'un coup trop sec, elle risquait de s'échapper. Il donna donc un peu de mou au fil et avança de quelques pas dans la vase. Il avait de l'eau jusqu'à la taille, mais cette fois-ci, il tenait bon sa prise. Ses pieds étaient embourbés, mais il ne lâchait pas sa ligne. Ce poisson était pour lui. Ses jambes s'enfoncèrent encore un peu plus. Il essaya de secouer la semelle de ses chaussures pour se dégager de l'emprise de la boue, mais ses efforts restèrent vains. Comme dans un sable mouvant, chacun de ses mouvements l'enlisait davantage dans le bourbier. Lui, pourtant si habitué au lac, commença à paniquer. Pris d'affolement, il lâcha sa canne de désespoir. Coulant inexorablement dans l'eau, Vasile gesticulait comme une âme en peine. "Diable ! Que se passe-t-il ?"

C'était la première fois qu'une telle chose lui arrivait. Il avait maintenant de l'eau jusqu'au torse. Encore un peu et il serait complètement submergé par le flot. Une panique indescriptible l'envahit. *La Fosse aux Lions* était sortie de son sommeil et ne semblait pas disposée à le laisser repartir. Le lac était en train de l'engloutir. Un cri bref, presque étouffé, monta à la surface. Après quelques remous, Vasile disparut sous l'eau dans un grand tourbillon. Deux jours passèrent sans que personne à Slobozia ne s'inquiète vraiment de la disparition du vieux fou.


Quand les deux jeunes gens s'allongèrent dans l'herbe fraîche, le lac affichait son calme habituel, une légère brise soufflant à la surface.

— Ioana… murmura Vlad Bran, viens t'allonger près de moi…

## XI

Victor se mit à courir à travers les bois. Il voulait impérativement être rentré à la maison avant Ana et Eugenia. Dans sa fuite effrénée, il haletait. Le manque d'exercice se faisait sentir. Au détour d'un fourré, il ralentit le pas pour reprendre son souffle. C'est là qu'il vit l'ombre noire s'avancer vers lui.

— Un prêtre, ici ?! murmura Victor.

Ion Fătu remontait la colline sous le soleil. Engoncé dans sa soutane, de grosses gouttes de sueur perlaient sur son front. Quand il aperçut Victor, figé au milieu du chemin, il l'interpella :

— Holà, mon frère !

— Bénis-moi, *Părinte…* demanda Victor en s'inclinant un peu.

— Je suis le père Ion, dit le pope en lui traçant un signe de croix sur la tête. C'est moi le nouveau prêtre de Slobozia.

— Ça alors…

— Je crois que je me suis perdu, ajouta Fătu. Cette forêt est si grande.

— Ça oui ! Vous êtes bien loin du village, *Părinte.*

— Dis-moi, brave homme. On m'a laissé entendre qu'il y avait des croyants cachés dans cette forêt. Je veux dire de vrais orthodoxes, tu me comprends ?

— Pas bien, *Părinte*. Parce que, à vrai dire, personne n'habite par ici.

— Pourtant, il paraît que des fidèles écrivent des livres pour l'Eglise. Sur des cahiers d'écolier. Tu en as peut-être déjà vu ?

— C'est que je sais pas bien lire, *Părinte*. Faut m'excuser.

— Hum… marmonna Fătu. Ce n'est pas grave… Indique-moi le chemin qui mène au village.

— C'est par là, balbutia Victor en montrant du doigt un sentier qui serpentait entre les arbres.

Le prêtre fit demi-tour et commença à s'éloigner. Puis, il se retourna et fronça les sourcils en dévisageant Victor qui n'osait toujours pas bouger.

— Et toi, mon frère. Que fais-tu ici ? demanda-t-il.

— Je… je coupe du bois dans la forêt.

— Où sont tes outils ?

— Là-haut, près de *La Fosse aux Lions*.

— *La Fosse ?*

— C'est un lac.

— C'est là que tu habites ?

— Oui, c'est ma maison.

— Je ne t'ai encore jamais vu à l'église. Comment t'appelles-tu ?

— Heu… Je suis Iacov.

— Iacov comment ?

106

— Iacov Dafula, répondit Victor en se souvenant de la chronique qu'il venait de lire. "Quel étrange nom", se dit le prêtre en lui-même.

Cette fois-ci, il tourna vraiment les talons et s'engagea sur le sentier, laissant Victor tout penaud. Quel heureux hasard que ce prêtre ne connaisse pas bien les habitants de Slobozia ! Car si le vieux Vasile l'avait reconnu, alors d'autres villageois pouvaient aussi le démasquer. Il pressa le pas pour rentrer. Par chance, à son retour, les deux femmes n'étaient toujours pas là. Il se remit à son bureau comme si de rien n'était et reprit sa copie en soufflant bruyamment. Quand elles rentrèrent, Victor se garda bien d'évoquer son escapade.

Quelques jours plus tard, Victor surprit une conversation entre sa mère et sa sœur. Ana et Eugenia parlaient de la découverte d'un cadavre dans *La Fosse aux Lions*.

— C'est Vasile, le vieux fou qui pêchait au bord du lac, chuchota Eugenia.

— Le père Ion a fait un prêche enflammé à l'église, répondit Ana. Vasile commettait un péché en allant là-bas. Ce lac est maudit. Il l'a toujours été. Avant même que ton père ne s'y noie, *La Fosse* était habitée par le Malin. Cela remonte aux Turcs. Peut-être même avant…

Ana poussa la porte de la cuisine pour ne pas déranger Victor qui écrivait dans la pièce voisine. Il aurait voulu leur expliquer que *La Fosse* n'était pas maléfique. Au contraire, le lac l'avait toujours protégé. Mais elles n'auraient sans doute pas compris. Et puis, il aurait dû tout leur avouer, pour son père, pour le vieux Vasile et aussi pour ce pope qu'il espérait ne jamais revoir. Alors Victor préféra se taire. Penché sur son manuscrit, il se remit à écrire. Ces mots qui couraient sous sa main étaient ses seuls compagnons d'infortune, ses uniques confidents. Il lui arrivait certains soirs de rester attablé à son pupitre jusqu'au petit matin. Par moments, il posait sa plume, se frottait les yeux, puis étirait ses longs bras au-dessus de sa tête, et reprenait sa copie. Mais quand la fatigue devenant trop pesante, il se sentait sombrer sur le bureau, Victor se levait, traversait la cour et s'enfermait dans la grange. Il pouvait rester une heure ou deux dans cette remise, à couper du bois dans l'obscurité. Le bruit des rondins qui éclataient sous la masse, résonnait en écho dans la forêt silencieuse. C'est le lever du jour qui décidait Victor à retourner dans la maison pour ne plus en ressortir.

Sur les plateaux qui dominent le village, travaillait un petit berger du nom de Milan. Une fois son troupeau parqué, le garçon rentrait chez lui en traversant la colline qui longe la maison des Luca. Plusieurs fois, il avait entendu des claquements secs dans la nuit. Cela l'avait intrigué et une fois, il s'était même approché de la grange des Luca pour mieux voir ce qui s'y passait. Dans la pénombre, il avait entraperçu une silhouette qu'il avait prise pour celle d'Ana Luca. Il avait aussi remarqué qu'un souffle grave ponctuait les coups sur le bois. Milan avait trouvé cela bien étrange et s'était dit en lui-même : "Cette femme est forte comme un homme."

Le lendemain matin, Simion Pop rendit visite à Ion Fătu pour lui parler des cahiers du père Ilie. Quand le policier entra dans la cour du presbytère, le pope était en train de botteler son foin pour l'hiver. L'homme avait accroché sa soutane à une clôture pour être plus à l'aise dans ses mouvements. En bras de chemise, il enfourchait avec une énergie qui rappelait qu'à la campagne, un prêtre, pour manger à sa faim, devait d'abord être un solide paysan. Simion ôta son képi et le salua :

— Salut à toi, camarade !

— Bonjour, camarade-brigadier, répondit Fătu.

— Je vois que tu rentres beaucoup de fourrage. L'hiver sera rude ?

— Ça se pourrait bien… dit le pope en continuant à remuer la paille avec sa fourche.

— Et pour les cahiers d'Ilie Mitran, tu as du nouveau ?

— Rien pour l'instant…

Simion Pop allait partir, quand Fătu lui dit :

— Cela n'a sûrement rien à voir, mais l'autre jour, dans la forêt, j'ai fait une drôle de rencontre.

— Ah oui ?

— J'ai croisé un homme qui avait tout l'air d'un sauvage. Il disait être un bûcheron, mais n'avait pas d'outils.

— Un bûcheron…

— Quand j'ai voulu savoir où il vivait, il m'a répondu qu'il habitait près de ce lac que l'on appelle *La Fosse aux Lions*. Je me suis renseigné et je sais que personne n'a jamais habité là-bas.

— C'est exact. Parle-moi encore de cet homme.

— Grand comme un arbre, il respirait fort comme un bœuf.

— Un bœuf, dis-tu ?

— Mais le plus étrange, c'est quand je lui ai demandé comment il s'appelait. Il aurait pu inventer n'importe quel nom, mais au lieu de cela, sa réponse m'a mis la puce à l'oreille.

— Vraiment ?

— Il a dit s'appeler Iacov Dafula.

— Personne à Slobozia ne porte ce nom, assura le policier.

— Je le sais, j'ai vérifié sur les registres paroissiaux. Mais sais-tu qui était Iacov d'Afula ?

— Je n'en ai aucune idée, répondit Simion.

— Je ne le connaissais pas non plus. Mais en cherchant dans un livre d'Eglise, j'ai trouvé la réponse. Figure-toi que ce Iacov était un saint des premiers siècles. Pas un personnage très populaire. Non, juste un saint de Palestine. Pourtant le bûcheron le connaissait.

— Tu crois que cet homme est un complice de Mitran ?

— J'y ai pensé, mais cela ne colle pas.

— Pourquoi ?

— Parce que ce bûcheron ne sait probablement ni lire ni écrire.

110

Leur conversation fut interrompue par un groupe de paroissiennes qui se présentait au portail. Fătu planta sa fourche dans la paille et remit sa soutane. Simion s'éloigna du presbytère, fort intrigué par cette révélation. Qui pouvait être cet homme qui vivait ainsi, caché dans les bois, à l'insu des villageois ?

A partir de ce jour, Simion Pop prit l'habitude de sillonner la forêt, dans l'espoir d'y croiser l'inconnu du fond des bois. Les jours de beau temps, il quittait Slobozia en fin d'après-midi, remontait les collines jusqu'à *La Fosse aux Lions*, faisait le tour du lac en prenant garde de ne pas trop s'approcher de la rive, puis poussait sa randonnée jusqu'au bout de la forêt, là où les sentiers disparaissent tant la végétation est dense. Les jours de pluie, il partait plus tôt et limitait sa ronde aux sentiers de crête qui surplombaient le village. Il marcha ainsi tout l'été, ratissant les bois de long en large. Il questionna les forestiers, les chasseurs et même les enfants qui font la cueillette du tilleul pour le kolkhoze. Mais rien n'y fit. Personne ne connaissait le mystérieux personnage qu'avait rencontré Ion Fătu.

Un jour de pluie où il peinait à marcher dans la boue, Simion repéra une maison en torchis dans un chemin en cul-de-sac. Il avait entendu dire qu'une veuve y vivait seule dans le plus grand dénuement.

Le policier se dit qu'elle avait peut-être vu quelque chose. Il frappa à la porte et fut surpris de constater que la veuve en question était une femme encore séduisante, à peine plus âgée que lui. Elle le laissa entrer et lui servit un verre de limonade. Elle s'appelait Dana et avait perdu son mari dans une partie de chasse qui avait mal tourné. Depuis "l'accident", elle se méfiait des villageois et vivait à l'écart de Slobozia. Simion prit l'habitude de lui rendre visite à chacune de ses randonnées en forêt. Ils attendirent l'automne pour devenir amants. Dès lors, Simion consacra moins de temps à rechercher l'inconnu du fond des bois.

# XII

La révolution de décembre 1989 déferla sur la Roumanie comme une tempête en hiver. Pour symboliser la renaissance du pays, le jour même de Noël, les époux Ceauşescu furent sommairement exécutés par leurs anciens complices. Le sang coula sur la neige. Pourtant, à Slobozia, rien ne semblait vraiment changer. Certes, les villageois cessèrent de se saluer d'un "camarade" un peu convenu, et symboliquement, Simion Pop décrocha l'insigne communiste de son képi pour montrer sa loyauté envers le nouveau pouvoir. Le maire fut destitué et remplacé par un autre homme, tout aussi corrompu que lui. Les villageois badigeonnèrent de peinture blanche l'inscription qui trônait sur le fronton de la mairie : *République socialiste de Roumanie* devint simplement *Roumanie*. Le drapeau tricolore – bleu, jaune, rouge – fit aussi les frais de ce vent révolutionnaire. On découpa à la hâte le blason situé en son centre, qui décidément rappelait trop l'emprise du Parti sur la société roumaine. Même Ion Fătu, fidèle pasteur d'un Etat totalitaire, se félicitait publiquement de la chute "de ce régime athée qui persécutait l'Eglise". Comme la traque des dissidents cessa du jour au lendemain, le pope comprit qu'il n'était pas près de quitter Slobozia. Fătu s'efforça donc de mettre la population de son côté. Désormais, l'hypocrisie rivalisait avec le mensonge. Il était de bon ton de se présenter comme un dissident de la première heure. Le plus infime geste de défiance à l'égard de l'ancien système était érigé en acte héroïque de résistance. S'être enrichi grâce au marché noir ne faisait plus de vous un profiteur, mais presque un patriote. Et ceux, encore plus méritants, qui pouvaient ressortir de leurs armoires quelques manuscrits religieux distribués par le père Ilie, devenaient sur-le-champ des confesseurs de la foi, tels des apôtres déterrés vivants des catacombes.

Après la Révolution, la vie à Slobozia changea peu. La pauvreté lancinante de cette campagne moldave faisait peser une chape de plomb que plusieurs décennies ne suffiraient pas à faire disparaître. Chacun continua à vivre de l'agriculture, de l'élevage et de la coupe du bois. Avec le passage à l'économie de marché, la seule entreprise du village à se créer après la Révolution fut d'ailleurs une scierie qui réemploya les cinquante bûcherons de l'ancien kolkhoze forestier. Au milieu de la grande forêt des Carpates, le village semblait comme perdu. Une seule route permettait d'y accéder. Après une vingtaine de kilomètres d'asphalte, une piste de terre battue prenait le relais sur encore quinze kilomètres. En été, les véhicules disparaissaient dans les nuages de poussière que soulevait leur passage. En automne, avec les premières pluies, la route se transformait en bourbier dans lequel les roues des camions chargés de bois s'enlisaient. Chaque année, des accidents spectaculaires défrayaient la chronique. Entraînés par la vitesse, les poids lourds dévalaient la piste étroite et parfois se renversaient dans un virage. Plusieurs chauffeurs y avaient déjà perdu la vie, des villageois aussi, comme cette famille qui avait péri écrasée par des rondins de bois projetés sur leur voiture par l'un de ces engins fous. Pourtant, les allées et venues de semi-remorques ne cessaient jamais. Il en allait de la survie du village. Seul l'hiver offrait un répit. Quand la neige recouvrait la route, le trafic était suspendu pendant plusieurs semaines, laissant Slobozia coupé du monde. De rares traîneaux, tirés par des mulets, permettaient aux habitants de relier les villages voisins. Autant dire que dans cette léthargie post-révolutionnaire, le moindre événement ne passait pas inaperçu.

C'est par une froide journée d'avril 1990 que l'inconnu arriva au village avec la navette du matin. L'homme, qui n'avait guère plus d'une trentaine d'années, portait un grand manteau gris, resserré à la taille par un large ceinturon. Ses longs cheveux noués en queue-de-cheval et sa barbe taillée en pointe lui donnaient l'allure d'un ascète. D'un aspect négligé, il voyageait avec un baluchon en carton pour seul bagage. A peine descendu de l'autobus, l'étranger longea le grand panneau métallique qui accueillait les rares visiteurs avec la traditionnelle formule : *Bienvenue ! Slobozia, 1 100 habitants.* Deux grands arbres avaient été peints sur l'écriteau pour rappeler qu'ici tout le monde vivait de la forêt. Cette pancarte n'avait plus de raison d'être, car depuis la Révolution de décembre, la population avait nettement chuté avec le départ de nombreux jeunes vers l'Occident. Recenser les habitants et en graver le nombre définitif sur un panneau n'avaient de sens que dans un régime autoritaire qui tenait son peuple à résidence. La Roumanie démocratique ne se préoccupait plus de cela. Le mystérieux voyageur s'installa dans un petit appartement au centre du village, où il logea pendant une semaine. Un soir, il descendit au bar pour y boire un verre.

— Hé, toi ! cria une voix.

Affalé sur une table, l'étranger releva la tête sans répondre. Adossé au comptoir, le paysan reprit son invective :

— Ici, on aime bien savoir qui traîne par chez nous. Avec cette Révolution, on voit se promener toutes sortes de vagabonds.

L'inconnu se redressa sur sa chaise et observa les clients. Cinq hommes descendaient des verres de vodka en le dévisageant. Celui qui l'avait interpellé ressemblait à ces cochons gras que l'on vend aux foires de Noël. A côté de lui, un autre, au cou trop large et aux joues écarlates, enflait comme un crapaud prêt à éclater.

— Je m'appelle Daniel.

— Ça ne nous dit pas ce que tu viens faire ici, répliqua l'homme accoudé au zinc.

— Je veux vivre dans la solitude.

— Dans la solitude ?… Alors, tu es un ermite ?

— En quelque sorte.

— Tu viendrais pas plutôt te cacher chez nous ? dit un autre.

— Je ne me cache pas, répondit Daniel. Je cherche juste un endroit pour être tranquille.

— Ah ! s'exclama le premier, tu n'as qu'à entrer au monastère. Ce qui est sûr, c'est que ça ne va pas plaire au pope. Fătu n'aime pas les marginaux dans ton genre.

— Connaissez-vous un lieu retiré où je ne dérangerai personne ? demanda Daniel.

Les hommes se regardèrent et se mirent à rire entre eux.

— Il y a un endroit où tu ne gêneras personne, c'est *La Fosse aux Lions* !

— *La Fosse aux Lions ?*

— C'est un lac situé au-dessus du village, au fond de la forêt, lâcha le tavernier. Le dernier que l'on ait retrouvé là-bas, c'est le vieux Vasile. Son corps flottait à la surface, gonflé comme une baudruche.

— Peut-être que toi aussi tu finiras comme lui ! avertit le gros bonhomme du comptoir en vidant son verre.

— Merci pour le conseil, dit Daniel d'un ton calme. C'est là-bas que j'irai m'installer. Mais comment trouverai-je le chemin ?

— Tu n'auras qu'à demander aux bergers de t'y conduire, s'amusa le tavernier.

Daniel se leva et quitta le bar sous le regard moqueur des villageois. Les éclats de voix cessèrent dès qu'il eut quitté la pièce.

— C'est sûr qu'il va nous attirer des ennuis, commenta un paysan.

— Il a intérêt à bien se tenir, sinon on lui montrera qui fait la loi.

— Ouais ! On est en démocratie ! Et la démocratie, c'est le pouvoir du peuple. Ici, le peuple, c'est nous !


Daniel s'installa près de *La Fosse aux Lions*, en lisière de la forêt, dans une petite cabane qu'il construisit de ses mains. Le lieu, isolé de toute habitation, lui semblait parfait pour son existence contemplative. Le bosquet qu'il avait choisi pour édifier l'ermitage s'ouvrait sur l'étendue impassible du lac. Assis en tailleur au bord de l'eau, il lui arrivait de méditer pendant des heures. Amusé, il observait le clapotis des poissons qui gobaient les insectes à la surface. Daniel se dit qu'il serait dommage de ne pas profiter de ce don du ciel. Il pouvait trouver là sa nourriture quotidienne à condition de pouvoir pêcher. Or, l'épaisse couche de vase qui bordait le lac rendait l'approche difficile. Daniel avait entendu parler de ce dénommé Vasile qui s'était noyé ici. Une barque lui était indispensable s'il ne voulait pas mourir de faim. A la belle saison, la nature était riche en fruits sauvages et en baies. Mais il savait que sitôt l'hiver venu, il ne pourrait compter que sur lui-même. Il n'avait pas d'autre choix que de trouver un bateau. Seule la pêche pourrait lui permettre de mener à bien sa vie érémitique. Daniel rassembla ses maigres économies et décida de descendre à Slobozia afin de trouver une embarcation. Après avoir questionné les habitants, il apparut qu'une seule barque existait au village. Elle était au presbytère et personne n'avait vu Ion Fătu l'utiliser. Daniel décida donc de rendre visite au prêtre. Quand le pope ouvrit la porte, Daniel s'inclina pour lui baiser la main. Ion Fătu fit un rapide signe de croix en guise de bénédiction :

— C'est donc toi le marginal dont on parle.

— Je ne fais rien de mal, *Părinte*. Je vis juste dans la solitude des bois.

— Tu te caches ?

— Non, je me consacre à la prière.

— Fais attention. Si tu veux te faire passer pour un sage, un *starets*, mets-toi bien dans la tête que le représentant de Dieu ici, c'est moi !

— Je n'oserais pas me placer à égalité avec vous, s'excusa Daniel. Je viens simplement vous demander une faveur.

— Tu ne manques pas de culot !

— Je voudrais votre barque pour pêcher dans *La Fosse aux Lions*.

— Pourquoi est-ce que je t'aiderais ?

— Pour l'amour de Dieu, répondit Daniel.

— Ne blasphème pas ! cria Fătu.

— Je peux payer.

— Mmm… Combien ?

Daniel retira une liasse de billets de sa poche.

— C'est toute ma fortune.

Fătu évalua la somme du regard.

— Ma barque n'est pas à vendre. Et puis, ne t'a-t-on pas prévenu que ce lac est maudit ? Il ne faut pas manger son poisson.

— Mais *Părinte*, ce sont des superstitions…

La cloche retentit au portail. Fătu tourna la tête pour voir qui sonnait. Ayant reconnu le visiteur, il fit un geste sec de la main pour l'inviter à s'approcher. La lourde porte en bois s'entrouvrit et Ismaïl le Tzigane pénétra dans la cour. Alors qu'il s'avançait vers les deux hommes, Fătu reprit en direction de Daniel :

— N'insiste pas. A ta place, je quitterais rapidement la région.

Daniel baissa la tête, s'inclina de nouveau et sortit de l'enclos. Ismaïl, qui avait entendu la conversation, s'approcha du prêtre et lui demanda :

— Qui est-ce ?

— Le marginal qui s'est installé au lac maudit.

— Que voulait-il ?

— Ma barque ! Pour pêcher.

— Et tu vas la lui donner ?

— Qu'il crève, ce démon !

Ismaïl fronça les sourcils en regardant Daniel s'éloigner.

— Et pour notre affaire ? reprit le pope.

— Tiens-toi prêt. C'est pour cette nuit…

Fătu fit un mouvement de la tête en signe d'approbation, puis vérifia que personne n'assistait à leur rencontre avant de se diriger vers l'église. Quand il entra dans le sanctuaire, il aperçut Daniel, qui l'avait précédé. L'homme se tenait en prière, debout, face à l'iconostase. Caché derrière un pilier, le prêtre épia la scène. Daniel ponctuait sa dévotion par de grandes prosternations. Il se mettait à genoux, penché vers l'avant jusqu'à ce que son front touche le dallage, puis se relevait d'un geste énergique du torse en se signant les doigts joints. Fătu cherchait la faute, l'hérésie qui se serait glissée dans son comportement. Mais il ne trouva rien à redire. Daniel se comportait comme un pieux fidèle orthodoxe. Le pope s'apprêtait à ressortir, quand il vit l'ermite tirer la liasse de billets de sa poche. Fătu s'immobilisa et l'observa attentivement déposer l'argent dans le tronc des offrandes. Puis, en silence, Daniel quitta l'église. Sortant de sa cachette, Fătu frôla l'iconostase et ouvrit la boîte. Il compta les billets et enfonça le petit pactole dans la poche de sa soutane. Daniel était déjà loin. Il regagnait son ermitage, attristé par le refus du prêtre, mais plein d'allégresse. Il n'avait plus d'argent, ne savait pas encore comment il pourrait survivre durant l'hiver et, par-dessus tout, était détesté d'une bonne partie des villageois. Il ne lui restait donc plus rien, à l'exception de sa foi. Et pour lui, c'était l'essentiel. Libéré des contingences humaines, il pouvait remettre son destin entre les mains de Dieu. Sa vie ne lui appartenait déjà plus.

La cabane de Daniel était une cahute sans confort. Des planches disjointes laissaient passer l'air et la lumière. Des branchages, assemblés en fétus, faisaient office de toit. A l'intérieur, l'aménagement spartiate donnait à la paillote une atmosphère monacale. Deux poutres recouvertes d'une paillasse en guise de litière et un gros billot de bois comme table constituaient le seul mobilier. Sur un mur de sa case, Daniel avait accroché une icône. Juste en face, sur la porte d'entrée, était clouée une simple croix en bois. Sur le pupitre improvisé, une bible était posée, à côté d'un gros cahier. Au centre, un emplacement réservé au feu servait à réchauffer l'abri en hiver. Daniel se tenait assis sur le rebord de sa couche, la tête inclinée et le menton appuyé contre son torse. Il fixait du regard sa poitrine à l'endroit de son cœur. Lentement, il répétait en boucle la même phrase : "Seigneur Jésus-Christ, Fils de Dieu, aie pitié de moi, pécheur."

Cette formule est connue dans la piété orthodoxe sous le nom de *Prière de Jésus*. Ceux qui la psalmodient durant des heures pensent que cette répétition permet à l'intellect de descendre dans leur cœur pour en chasser l'imagination, car pour eux l'imaginaire constitue le principal obstacle à la vision de Dieu. Ces mystiques croient qu'en arrêtant le flot incessant des pensées, l'orant peut entrer dans la plénitude du feu de l'Esprit. Daniel respirait paisiblement, marquant une courte pause entre chaque stance, puis reprenant sa brève litanie :

— Seigneur Jésus-Christ...

Il tenait dans sa main un long chapelet de laine qu'il égrenait à chaque invocation. L'objet était formé d'une centaine de nœuds. L'oraison de Daniel étant lente, il lui fallait près d'une demi-heure pour faire le tour de son rosaire. Une fois sa méditation achevée, l'ermite ouvrait sa bible d'où il tirait un morceau de papier plié en quatre. Il s'agissait d'un article de presse qu'il tenait à relire après chaque séance de prière. Chaque jour, ce texte lui rappelait l'origine de sa vocation. Parfois, dans la solitude de sa cabane au bord du lac, Daniel pleurait, même si personne ne le savait. Comme personne ne pouvait se douter que Daniel se nommait en réalité Constantin Ica. Pour cela, il aurait fallu lire la coupure de presse et découvrir la véritable raison de sa présence dans cette forêt inhospitalière.

# XIII

En arrivant à Slobozia, Ion Fătu avait promis deux choses à sa femme : quitter le village pour une paroisse en ville et lui faire un enfant. Avec la chute du régime qui l'avait amené dans cette contrée reculée, le pope se savait bloqué ici pour longtemps. Il comprit que désormais sa promesse de départ serait encore plus difficile à tenir que celle concernant l'enfant.

Le lac semblait assoupi. La nuit était tombée depuis longtemps, pourtant Daniel n'arrivait pas à dormir. Il se leva et marcha un moment près de *La Fosse aux Lions*. L'étendue huileuse l'apaisait. Il sentait comme une force se dégager de ce lieu quand la pleine lune se reflétait dans son eau. Dans la pénombre, Daniel pouvait distinguer des formes d'animaux. Ici, une loutre se frayait un chemin parmi les broussailles. Là-bas, un renard se désaltérait à la source. Sur la branche d'un frêne, une hulotte régnait sur cet univers nocturne. Dès que la nuit enveloppait les bois, une vie, imperceptible le jour, naissait dans l'obscurité. Les roseaux sauvages s'animaient comme un théâtre de marionnettes. L'ombre de leurs tiges se projetait sur l'eau, en dessinant d'inquiétantes figures. N'était-ce pas là une main qui s'ouvrait et se fermait ? Et le ronflement sourd qu'il entendait dans son dos, était-ce le souffle d'un sanglier ou la respiration saccadée d'un *moroï* ? Tous ces bruits étaient couverts par le coassement incessant des crapauds. D'un coup, le lac parut s'illuminer. Une nuée de lucioles en bordait les rives de part en part. Le spectacle était féerique et Daniel crut y déceler le génie de la Création. Il aurait pu rester ainsi, assis au bord de l'eau, pendant des heures, mais le sommeil commença à le gagner. Il s'apprêtait à partir quand il aperçut une silhouette sortir des fourrés et s'immobiliser près de *La Fosse*. Daniel s'accroupit derrière un buisson pour ne pas être vu. L'homme au bord du lac ne bougeait pas. Comme s'il attendait quelqu'un, il consultait machinalement son poignet pour vérifier l'heure. Au bout de dix minutes, un autre homme arriva. De sa cachette, Daniel n'arrivait pas à entendre leur conversation. Intrigué, il s'approcha un peu plus près, avançant à pas feutrés pour ne pas être démasqué. Enfin, il atteignit un gros saule derrière lequel il se cacha. De là, il entendait mieux leurs paroles. Il jeta un regard par-dessus une branche et ouvrit de grands yeux en découvrant leurs visages. C'était Ion Fătu et Ismaïl. Le prêtre était habillé en civil. Sans sa soutane, Daniel ne l'avait pas reconnu. Le Tzigane, lui, portait son large chapeau de paille enfoncé sur la tête. Le pope semblait nerveux. Il parlait vite et gesticulait avec ses mains.

— Tu connais mon problème, lança-t-il. Alors faisons vite. Si on me voit ici, je suis fini.

Ismaïl avait une petite besace d'où il sortit un sac en papier. Il regarda le pope droit dans les yeux et sourit.

— Maintenant, *Părinte*, baisse ta culotte !

Fătu, tout gêné, dégrafa sa ceinture et laissa tomber son pantalon à ses pieds. Daniel, qui observait la scène, aurait sûrement ri dans une situation moins inquiétante. Mais ce qu'il voyait ce soir-là l'estomaquait. Le Tzigane ouvrit le sachet et prit une poignée du produit. Il se mit à frictionner vigoureusement les parties génitales de Fătu.

— Mais c'est du sel ! Ça brûle ! gémit celui-ci.

— La ferme ! répondit l'autre. Si tu veux retrouver ta virilité, laisse-toi faire !

La torture continua encore quelques secondes. Puis Ismaïl reprit sa sacoche qu'il entrouvrit avec précaution. D'un geste vif, il en ressortit une longue liane inanimée. Le pope se lamentait encore du traitement que le sorcier venait de lui infliger quand il vit le serpent.

— Tu veux me tuer ! hurla-t-il.

Daniel se redressa d'un coup pour ne rien perdre du spectacle.

— Je lui ai retiré le venin. Tu ne crains rien. Donne ton bras droit, ordonna le Tzigane.

— Non, pas ça !

126

— Si tu veux avoir des enfants, tu dois être mordu. Cela fait partie du rituel.

— Je n'y arriverai pas !

Alors que l'homme s'apprêtait à remonter son pantalon, Ismaïl le saisit par le cou. Fătu tenta de se débattre, mais l'emprise était si vigoureuse qu'il finit par tomber à genoux.

— Tu ne peux plus reculer, dit le Tzigane, nous irons jusqu'au bout.

Fătu implora en tendant son bras. La vipère dansait dans la main du sorcier. Quand il l'approcha de l'avant-bras, elle ouvrit grand sa gueule et planta profondément ses crochets dans la chair. Le malheureux émit un cri contenu qui trahissait autant sa souffrance que sa peur. Le Tzigane relâcha le serpent qui se faufila à travers les herbes hautes. Malgré la fraîcheur de la nuit, Fătu suait de tout son corps.

— Maintenant, va te tremper dans le lac, ordonna Ismaïl.

L'autre s'exécuta sans poser de question. L'eau était glacée, pourtant elle lui procura un véritable soulagement. Il resta un long moment dans *La Fosse* comme sonné après l'épreuve qu'il venait de subir. Quand il se retourna, Fătu aperçut Ismaïl assis sur la rive en train de chiquer du tabac.

— Prends l'argent qui est dans ma veste, dit-il.

— Je ne veux pas de ton argent volé, répondit le Tzigane.

Le pope eut un regard inquiet, car il s'agissait bien du don que Daniel avait laissé à l'église. Comment avait-il deviné ?

— Pourquoi dis-tu "volé" ?

— Parce que l'argent des prêtres est toujours volé à quelqu'un !

— Mais alors que veux-tu pour ta sorcellerie ?

— Je veux ta barque.

Caché dans les broussailles, Daniel n'en croyait pas ses oreilles. Ismaïl convoitait lui aussi la petite embarcation.

— Viens la chercher demain, dit Fătu qui pataugeait dans l'eau.

Ismaïl s'éloigna sans répondre et disparut dans l'obscurité.

Le prêtre eut toutes les peines du monde à s'extraire de la vase. Daniel, toujours à couvert, recula lentement pour regagner sa cabane. Il bougeait à tâtons quand son pied se prit dans la souche d'un arbre mort. Il bascula en arrière et poussa un long cri en tombant. Fătu, qui était en train de se rhabiller, accourut.

— Qui va là ? C'est toi, le Tzigane ?

Il s'approcha encore et reconnut Daniel allongé sur le sol. D'un bond, le pope le saisit à la gorge en criant :

— Sale mouchard, tu as tout vu !

— Je ne dirai rien, *Părinte*. Je le jure !

— Et moi, je jure de te tuer si quelqu'un apprend ce qui s'est passé ce soir.

Fătu relâcha son étreinte et fit demi-tour en vociférant. Dans quelques heures, les premières lueurs du jour ne tarderaient pas à poindre. Il devait rejoindre le village avant que l'on ne remarque son absence. De son côté, Daniel rentra à son ermitage en boitant. Il s'assit sur son lit et reprit sa psalmodie :

— Seigneur Jésus-Christ, Fils de Dieu, aie pitié de moi, pécheur.

Il se tint ainsi en prière jusqu'à l'aube.


Le lendemain matin, le sorcier amena la fameuse barque jusqu'au lac à l'aide d'un villageois. Les deux hommes la dissimulèrent au bord de l'eau dans une grande cavité formée par les racines d'un arbre. Puis ils recouvrirent l'embarcation de branches et de buissons, et quittèrent les lieux. Daniel avait suivi la scène, recroquevillé derrière un rocher. Il ne comprit pas pourquoi Ismaïl avait exigé ce petit bateau, mais il vit dans son geste un signe du destin. Désormais, il pourrait pêcher grâce à cette embarcation providentielle !


Cette nuit-là, Victor ne trouva pas facilement le sommeil. Il se retournait sans cesse dans son lit. D'heure en heure, l'inquiétude le gagnait. Dans la pièce d'à côté, les toussotements de sa mère empêchaient la maisonnée de s'endormir. Elle était malade depuis plusieurs jours et rien ne venait à bout de sa fièvre. Ni les potions d'herbes sauvages, ni les prières ne faisaient de l'effet. Eugenia veillait jour et nuit. Elle avait bien songé à appeler le docteur Bogdan, mais Ana s'y était refusé. Trop risqué, pensait-elle. Un médecin, ça observe, ça fouille. Et s'il découvrait la présence de Victor, qu'adviendrait-il de lui ? Aussi préféra-t-elle repousser toute aide des hommes. Peut-être se savait-elle déjà perdue ? Alors, à quoi bon ? Lorsqu'au petit matin Ana remit son âme à Dieu, Victor et Eugenia s'étaient assoupis. Quand ils se réveillèrent, les yeux de leur mère les fixaient dans un regard d'éternité. La vieille femme semblait dire à sa fille :

"Maintenant, c'est à toi de t'occuper de Victor. Prends bien soin de ton frère, il est si faible…"

Après une vie de souffrances et d'abnégation, Ana Luca était enfin entrée dans la paix. A midi, sa dépouille fut transportée à l'église et, chose assez rare, mise en terre le jour même. Il est de tradition de veiller un mort pendant trois jours. Avant d'être inhumé, le corps est traité avec le plus grand soin. Lavé, revêtu de ses plus beaux habits, il est présenté à la vénération de ses proches. Voisins et amis sont invités à se relayer dans la chambre mortuaire pour y lire des prières. Mais Eugenia voulait écarter tout risque de visite inopportune. C'est pourquoi elle prépara elle-même le corps de sa mère. Elle lui coupa les ongles et lui tressa les cheveux, puis couronna sa tête d'une bande de tissu rouge qu'elle cintra sur le front. Elle demanda au prêtre de célébrer rapidement les funérailles, ce que celui-ci consentit à faire. De toute façon, aucun parent, aucun ami, pas un seul villageois n'assista à la cérémonie. Eugenia accompagna seule Ana jusqu'à sa dernière demeure. Victor, lui, resta caché dans la maison.

Deux paysans furent réquisitionnés pour creuser la fosse et y ensevelir le cercueil. L'office fut bref et sobre. Pas de chants de louange, pas de pleureuses. Ana Luca quitta le monde des vivants dans la plus grande indifférence.

Le soir de l'enterrement, le carillon des cloches du monastère sonna minuit, résonnant de loin en loin dans la vallée endormie. Dans le petit cimetière, la terre qui recouvrait la tombe d'Ana était encore fraîche. Attirée par l'odeur du cadavre, des chiens sauvages grattaient le sol avec leurs pattes. Soudain, un bruit les fit fuir. Une silhouette s'approcha du tombeau en glissant entre les stèles. L'homme s'arrêta face au caveau d'Ana Luca. C'était Ismaïl. Il s'inclina trois fois en de grandes prosternations et vociféra des paroles dans une langue incompréhensible. Les syllabes se succédaient sans aucune cohérence apparente.

"Za he ah me za he ala wa za..."

Par moments, il s'interrompait, puis reprenait ses vocalises. Le Tzigane parlait avec la morte. Les temps de silence correspondaient aux réponses qu'il recevait. Sans qu'on s'y attende, il laissait échapper un rire étrange, puis lançait son cri à vous glacer le sang :

— Iiiiiiiiiuuuuuuuuuu !

Enfin il se tut, s'agenouilla, et se mit à creuser la terre de ses mains. La glaise était lourde. Encore humide, elle était facile à soulever. Rapidement, il arriva au cercueil. Il tourna instinctivement la tête de gauche à droite pour scruter les alentours, mais ne distingua rien d'autre que l'obscurité. Il sortit de sa poche une étoffe roulée en boule qu'il posa sur la bière. De grosses gouttes de sang suintaient à travers le tissu. Ismaïl s'inclina jusqu'à ce que son front vienne heurter les planches du cercueil. Il murmura encore quelques mots, les lèvres collées sur le couvercle, puis, se redressant lentement, il écarta les bras en croix et poussa une nouvelle fois son terrible hurlement :

— Iiiiiiiiiuuuuuuuuu !

Pendant de longues minutes, il respira, les yeux fermés, puis se décida à reboucher le trou. Méticuleusement, il effaça toute trace de son passage avant de s'enfoncer dans les bois.

# DEUXIÈME PARTIE

*Il existe des âmes écrevisses reculant continuellement vers les ténèbres, rétrogradant dans la vie plutôt qu'elles n'y avancent, employant l'expérience à augmenter leur difformité, empirant sans cesse, et s'empreignant de plus en plus d'une noirceur croissante.*

VICTOR HUGO,
*Les Misérables*

I

Selon la tradition orthodoxe, pendant les trois jours qui suivent le décès, l'âme se sépare du corps. Pour les croyants, l'âme reste sur terre pendant ce laps de temps, allant où bon lui semble. Aussi n'est-il pas rare qu'elle retourne dans les lieux qu'elle a aimés ou qu'elle visite ses proches pour les consoler de sa disparition. Dans cette vacuité, libre de toute contrainte, l'âme du défunt est constamment sollicitée par les forces du bien et celles du mal. Alors que les anges cherchent son élévation, les démons œuvrent à sa chute. Chacun sait que durant les trois premiers jours, le corps ne subit pas encore les affres de la décomposition, restant parfaitement reconnaissable. Beaucoup pensent donc que l'âme peut choisir de revenir dans son corps et y reprendre vie. C'est pour cela qu'habituellement l'Eglise hésite à inhumer un défunt durant cette période critique. Le troisième jour après la mort, l'âme quitte la terre. La coutume veut que l'on célèbre un office particulier pour l'accompagner dans ce long voyage qu'elle s'apprête à accomplir. Car, du troisième au neuvième jour, l'âme, dans son élévation vers Dieu, est éprouvée par de multiples démons qu'elle rencontre tour à tour. Ces "douanes célestes" l'obligent à rendre des comptes sur sa mauvaise conduite durant son existence terrestre. Pour le défunt, il s'agit d'un moment angoissant qui requiert le soutien des vivants. Par leurs prières d'intercession, ils peuvent efficacement aider l'âme en transit. C'est pourquoi l'Eglise recommande de prier particulièrement les troisième et neuvième jours après le décès.

Le troisième jour après la mort de sa mère, Victor décida de se rendre au cimetière pour respecter cette tradition. Malgré la désapprobation de sa sœur, il partit avant la tombée de la nuit. Quand il arriva, l'endroit était déjà plongé dans la pénombre. Comme il avait du mal à s'orienter dans l'obscurité, il alluma un cierge pour distinguer les noms inscrits sur les croix. Eugenia lui avait simplement indiqué que leur mère était enterrée tout au fond du cimetière, juste en lisière des bois. Le cimetière était situé sur la colline, bien à l'écart des habitations. Pour les villageois, Slobozia symbolisait le monde civilisé, c'est-à-dire l'espace ordonné et christianisé. La forêt, en revanche, était le lieu du sauvage, de l'animalité et des forces païennes. Le cimetière marquait la transition entre ces deux dimensions : le raisonnable et l'instinctif, le sacré et le magique, la vie et la mort. Victor chemina à tâtons entre les tombes. Enfin il arriva devant celle d'Ana. Il s'agenouilla et se mit à pleurer. Il planta dans le sol sa bougie et la sépulture s'illumina. Puis il ouvrit sa besace et en sortit deux pains tressés qu'il posa sur une nappe blanche déployée sur le tombeau comme sur une table. Il prit ensuite une bouteille de vin et arrosa le pourtour du caveau. Il célébrait ce repas symbolique comme une façon d'être toujours en relation avec sa mère, par-delà la mort physique. Alors qu'il commençait à manger, il entendit une voix lui susurrer :

— Tu l'aimais beaucoup, n'est-ce pas ?

Victor sursauta. Il voulut se redresser, si rapidement qu'il en perdit l'équilibre et se retrouva sur les fesses. Il regarda autour de lui, mais ne vit personne. La voix reprit :

— Je suis ici, au pied de l'oratoire. N'aie pas peur. Approche…

Victor se releva et avança jusqu'à ce qu'il distingue l'ombre appuyée contre le monument.

— Qu'est-ce que tu me veux ? demanda Victor.

— Rien, répondit l'autre. Je suis juste venu pour prier.

— En pleine nuit, quelle drôle d'idée !

— C'est aussi ce que je me disais en te voyant.

— Ma mère est morte depuis trois jours, je viens faire un *praznic* sur sa tombe.

— Le repas pour les morts…

Victor était déconcerté par ce mystérieux personnage qu'il n'avait jamais vu auparavant. Que faisait-il, seul, dans les ténèbres de ce lieu ? L'homme ajouta :

— Partageons le *praznic* en mémoire de ta mère.

Victor trancha le pain en deux et en offrit la moitié à l'inconnu en répétant la formule rituelle : "Mémoire éternelle, mémoire éternelle…"

— Je m'appelle Daniel, dit l'étranger. Je vis près du lac.

— Près de *La Fosse aux Lions* ! s'exclama Victor.

— Et toi, qui es-tu ?

— Victor…

Il hésita un instant et reprit :

— Victor Luca.

Il ne voulait plus mentir. Daniel le salua en s'inclinant et sortit du cimetière. Il longea un taillis et disparut dans la végétation. Victor souffla de soulagement et prit à son tour le chemin de la maison. A la ferme des Luca, les lampes à pétrole étaient restées éclairées toute la nuit. Eugenia avait attendu patiemment son frère.

— As-tu accompli le *praznic* pour *Mamă* ? demanda-t-elle.

— J'ai respecté la tradition.

— Personne ne t'a vu au moins ?

— Qui aurais-je pu rencontrer là-bas, à cette heure ?

Un sourire de satisfaction se dessina sur le doux visage de la sœur. Ils se couchèrent, mais cette nuit-là, aucun d'eux ne trouva le sommeil. Une nouvelle vie commençait pour eux. Une existence faite d'angoisse et de peur, sans l'ombre protectrice de *Mamă* Luca. Recroquevillés au fond de leurs lits, et bien que l'on fût en été, le frère et la sœur tremblaient de tout leur corps.

Quelques semaines plus tard, Victor quitta de nouveau la maison. Eugenia le supplia de ne pas sortir, mais rien n'y fit. Seule Ana aurait eu l'autorité pour le raisonner. Victor voulait revoir l'ermite. L'homme ne l'avait ni jugé ni dénoncé. Aussi ressentait-il le besoin de lui parler. Il s'engouffra sur le sentier et marcha à vive allure. Arrivé à *La Fosse aux Lions*, Victor vit Daniel, assis dans sa barque, en train de pêcher sur le lac. L'obscurité ne semblait pas le gêner. Il agitait sa ligne d'un mouvement du poignet et le bouchon plongeait sous l'eau pour remonter dans un clapotis sonore. La perche flexible ployait sous la pression. Daniel se redressa et, d'un coup sec, tira la gaule vers lui. Une belle carpe jaillit de l'eau. La lumière de la lune se refléta sur ses écailles qui scintillaient dans la nuit.

— Daniel ! C'est moi… avertit Victor.

Reconnaissant sa voix, Daniel rama jusqu'à la rive. Victor s'exclama :

— Quel beau poisson ! Comme tu as de la chance d'avoir cette barque !

— Un don du Ciel, précisa Daniel.

Victor attrapa la coque du canot et le tira hors de l'eau. Les deux hommes soulevèrent la petite barque et la glissèrent dans le trou qui lui servait de cachette. Puis ils la recouvrirent de branches et de buissons, si bien qu'elle disparut complètement sous la végétation.

— Ce n'est pas trop dur d'habiter ici ? demanda Victor.

— La vie que je menais avant était dure aussi.

— Pourquoi dis-tu cela ?

— J'avais le confort, mais pas l'espérance.

Les deux hommes s'assirent au bord de l'eau, accroupis l'un à côté de l'autre.

— Je buvais beaucoup, reprit Daniel. J'étais devenu violent et bagarreur. Ma vie n'avait pas de sens.

— Que s'est-il passé ?

— Un événement a changé mon existence. J'ai hésité à entrer au monastère, mais finalement j'ai choisi d'être ermite.

— Ah… fit Victor. Mais pourquoi ici ?

— On m'avait parlé de Slobozia, de sa grande forêt. Quand je suis arrivé ici, j'ai compris que c'était l'endroit que je cherchais.

— Un jour, ajouta Victor, j'ai lu la vie d'un saint. Il avait fait quelque chose de très grave. Mais comme il s'est enterré vivant dans un trou, Dieu l'a sauvé. Alors, toi aussi, tu crois qu'on peut s'en tirer si on s'enterre quelque part ?

— Hum… fit Daniel. Les Pères de l'Eglise disent que la réclusion n'est pas suffisante pour le salut. Il faut aussi la conversion du cœur. Tu comprends ? Il faut changer son cœur.

— Changer de cœur ?! s'interrogea Victor, qui ne voyait pas bien où l'ermite voulait en venir.

— Je veux parler du don de soi…

— Qu'est-ce que c'est ?

— C'est le libre abandon à la Providence, répondit Daniel. Le lâcher prise sur sa propre volonté.

— Je ne comprends pas…

— Le don total de soi. Voilà le grand sacrifice !

Victor était déçu. Il se dit qu'il n'était peut-être pas encore sauvé. Et si sa réclusion ne suffisait pas ? Et si Dieu lui demandait davantage ? Mais quoi, alors ?... Il se leva, salua l'ermite et s'en alla tout attristé.


Victor quitta *La Fosse aux Lions* tout pensif. Pendant le trajet du retour, il ne cessa de retourner le problème dans sa tête. Etait-il pardonné pour son crime ou ne l'était-il pas ? Après vingt années caché dans la maison, que pouvait-il faire de plus ?

Près du lac, Daniel avait repris sa litanie : "Seigneur Jésus-Christ, Fils de Dieu, aie pitié de moi, pécheur."

Il priait pour lui-même, mais aussi pour Victor. Comme à son habitude, il tenait entre ses doigts la petite coupure de presse jaunie par le temps. A la fin de sa prière, il regarda longuement le papier froissé, puis, le replia et le glissa entre les pages de sa bible. Des larmes coulèrent sur ses joues.


Au fond de la forêt, un vent chaud soufflait dans les cheveux de la jeune femme. A l'approche du lac, elle sentait encore mieux cette brise d'été qui planait au-dessus de l'eau. Elle tenait à la main une petite lampe électrique pour éclairer ses pas dans la nuit. Maria Tene était institutrice à Slobozia depuis déjà trois ans, mais ne s'était jamais vraiment mêlée aux habitants. Elle avait gardé cette distance caractéristique des enseignantes venues de la ville qui obtiennent leur premier poste à la campagne. Pour cette intellectuelle, Slobozia incarnait tout ce qu'elle détestait. Des paysans sans manières, qui vous font des propositions sans détours, dans des relents d'alcool frelaté. Sans parler de l'odeur âpre de leur transpiration quand ils vous serrent contre eux. Maria méprisait Slobozia, qui le lui rendait bien. Elle n'avait pas d'amis au village. D'ailleurs, ici tout le monde se moquait de son air emprunté. Car le rêve secret de cette jolie fille était de faire la connaissance d'un homme de la ville. Aussi, chaque fin de semaine, se rendait-elle à Iaşi dans l'espoir d'y faire une rencontre. Elle passait ses soirées dans les cafés à la mode, fréquentés par la jeunesse étudiante. Mais elle avait beau multiplier les signes de séduction, rien n'y faisait. Elle restait désespérément seule. A presque trente ans, elle était convaincue qu'une solution radicale s'imposait. Aussi, quand elle entendit parler d'Ismaïl le Tzigane et de sa magie, elle pensa avoir la réponse à ses questions. De nombreuses jeunes femmes n'avaient-elles pas déjà trouvé l'âme sœur grâce à sa sorcellerie ? Alors, pourquoi pas elle ?

Quand Maria Tene arriva à *La Fosse aux Lions*, Ismaïl l'attendait déjà. Dans l'obscurité de cette nuit d'été, elle ne l'aperçut pas tout de suite. L'homme approcha en titubant.

— Est-ce ici ? lui demanda-t-elle un peu hésitante.

— Non. Nous devons aller de l'autre côté du lac. Elle est là-bas…

Ismaïl longea la rive en clopinant dans l'eau. Maria l'accompagna en suivant ses traces. Arrivés près d'une futaie, ils s'arrêtèrent et reprirent leur souffle.

— Nous y sommes, marmonna le Tzigane.

— Où est-elle ? Je ne la vois pas.

— Penche-toi et regarde derrière ces herbes hautes. Elle se cache ici…

Maria s'avança un peu et s'inclina en braquant le faisceau de sa lampe par-dessus les broussailles.

— Je la vois ! La mandragore !

— La *plante d'amour*, reprit Ismaïl. Je suis le seul à connaître ce coin.

Au premier abord, la plante ressemblait à une grosse laitue avec ses feuilles ouvertes en éventail d'où pointaient de grosses baies rouges. Maria aurait pu passer à côté sans même la voir. Pourtant, dès qu'Ismaïl souleva la ramure, elle découvrit les racines de la pousse. Toute la magie qui entourait la mandragore venait de ces fameuses racines dont les formes tortueuses évoquaient les cuisses d'une femme. Mille légendes couraient autour de cette plante mystérieuse. Chacun savait que sa sève vénéneuse pouvait être utilisée comme un redoutable poison. Mais c'était surtout sa puissance aphrodisiaque qui était recherchée par les femmes. Car la mandragore n'opérait qu'au profit de celles-ci. La *plante d'amour*, comme on la surnommait, déclenchait chez celles qui s'en approchaient une forte attractivité sexuelle. L'odeur fétide de la mandragore était sans rapport avec les effluves sensuelles qu'elle générait chez les femmes. Grâce à elles, les jeunes filles esseulées étaient censées trouver un conjoint dans les quarante jours. La plante était tout aussi prisée des épouses jalouses qui espéraient ramener au bercail un mari volage.

— Maintenant, déshabille-toi, ordonna Ismaïl.

Maria croisa les bras sur sa poitrine dans un mouvement de gêne.

— J'en ai vu d'autres avant toi, alors ne fais pas de manières !

Maria dégrafa sa tunique et laissa glisser sa jupe le long de ses jambes. Quand elle se rendit compte qu'elle se trouvait complètement nue, en pleine nuit, au milieu de cette forêt, avec l'homme le plus craint de Slobozia, elle se mit à trembler de tous ses membres. Des frissons incontrôlables parcouraient son corps. Ismaïl se mit à ricaner en voyant la jeune femme aussi terrorisée. Il ouvrit sa sacoche et lui tendit une fiole.

— Bois un peu !

Maria avala une lampée d'eau-de-vie et se mit à tousser.

— Mais c'est de la *ţuica* ! s'exclama-t-elle.

— Cela fait partie du rituel.

— Que dois-je faire ? Il me tarde d'en finir.

Il est dit que "pour trouver un homme, la jeune femme devra danser nue autour d'une mandragore en répétant la formule quarante fois. A chaque incantation, elle avalera quelques gouttes d'un alcool fort. A la fin seulement, elle se frictionnera le corps avec la plante, puis se trempera dans l'eau pour chasser les mauvais esprits".

— Alors, allons-y ! Quelle est la formule ?

— Répète après moi :

> *Mère Nature que j'honore,*
> *annonce à mon promis,*
> *que je l'attends et fais que cet an-ci,*
> *une couronne j'arbore.*

Maria se mit à sauter autour de la plante en psalmodiant ces vers. Elle tenait dans sa main le flacon d'eau-de-vie qu'à chaque couplet elle portait à ses lèvres. Quand elle eut fini le cérémonial, elle lâcha la bouteille vide qui retomba à terre. La jeune femme chancelait sous l'effet de l'alcool, car elle n'avait pas l'habitude d'en boire. Elle passa les racines de mandragore sur sa peau, puis descendit jusqu'au lac en titubant et entra complètement dans l'eau. En un instant, la fraîcheur du courant lui fit reprendre ses esprits. Quand elle se retourna vers la berge, Ismaïl avait déjà disparu. Maria se sentait tellement ridicule qu'un rire nerveux la traversa. Elle sortit du lac, se rhabilla à la hâte et agrippa sa lampe torche pour éclairer son chemin. En descendant le sentier qui menait au village, elle ne cessait de se répéter que cette magie ne servirait à rien. Que toutes ces histoires autour de la mandragore n'étaient que des remèdes de paysannes, juste bons à enrichir ce maudit sorcier. Elle regrettait déjà son ascension à *La Fosse aux Lions*. Aussi dévalait-elle la pente à toute vitesse. Plus que quelques minutes et elle serait enfin chez elle. Soudain, le craquement d'une branche cassée la fit sursauter. Comme Maria était essoufflée, il lui était difficile de discerner les bruits autour d'elle. Elle éteignit la lampe et s'arrêta sur le chemin pour mieux écouter. Qui donc pouvait marcher dans la forêt en pleine nuit ? Instinctivement, elle se cacha derrière un arbre. Peut-être qu'Ismaïl revenait pour le paiement de sa sorcellerie ? Ou bien un animal sauvage ? Maria ne bougeait plus. Elle était comme pétrifiée, collée contre le tronc de l'arbre. Le grognement approchait d'elle. Elle inclina la tête pour jeter un regard furtif et aperçut une énorme silhouette qui s'avançait.

— Ismaïl, est-ce toi ? murmura-t-elle.

L'homme s'arrêta et tourna la tête dans tous les sens. Il semblait irrésistiblement attiré vers Maria. Une peur panique lui noua la gorge quand elle comprit que ce n'était pas le Tzigane. L'homme était bien plus grand que le sorcier et il respirait fort par les narines. La fille sortit de sa cachette et se mit à courir à travers la forêt. L'homme se retourna et plissa les paupières pour mieux la repérer dans le noir. C'était Victor Luca qui redescendait du lac, après sa visite nocturne à Daniel. D'abord, il avait reniflé une vague odeur qui avait attiré son attention. Puis les effluves de mandragore étaient devenus plus forts, presque enivrants. Au fur et à mesure que l'homme se rapprochait d'elle, le bouquet de senteurs, mêlé à la transpiration de la jeune femme, exhalait un irrésistible parfum de tentation. Une violente pulsion sexuelle avait saisi Victor, au point de le détourner de sa route. Il sentait une fièvre impossible à maîtriser s'emparer de lui. Comme envoûté, son esprit l'abandonnait, et son corps, mû par un instinct animal, ne répondait plus à sa volonté. Les essences de sève, de musc et de sueur pénétraient par ses narines et remontaient à son cerveau comme une puissante décharge électrique. Victor n'avait jamais ressenti un sentiment d'une telle brutalité : il devenait fou. Tel un fauve affamé, il se lança à la poursuite de sa proie. Comme il courait plus vite qu'elle, il la rattrapa sans mal, et la plaqua contre un arbre. La pauvre Maria tenta de se débattre, mais les griffes de Victor se refermaient sur elle avec une telle force qu'elle ne pouvait pas lui résister. Un long cri strident s'éleva au-dessus de la forêt. Victor arracha le chemisier de la jeune fille et commença à embrasser sa poitrine. Maria avait beau essayer de le mordre, l'énorme tête de son assaillant restait collée à elle. Elle sentait le frottement rugueux de sa barbe sur sa peau. Réunissant ses dernières forces, elle planta ses dents dans l'oreille de Victor et serra si fort qu'elle en arracha un lambeau. Le cartilage craqua, laissant jaillir un flot de sang. Victor se redressa dans un hurlement de douleur, relâchant sa prise un instant. Elle en profita pour tenter de fuir, mais il eut le réflexe de l'attraper par la cheville. Il l'agrippa si fermement qu'elle chuta lourdement à terre. En un mouvement, il bondit sur elle. Ses mains puissantes lui saisirent la gorge pour ne plus la lâcher. Il se mit à lui serrer le cou de plus en plus fort. Maria suffoquait sous son emprise. Elle aurait voulu l'implorer d'arrêter, mais aucune parole ne sortait de sa bouche. Juste un peu de salive coulait entre ses lèvres. Elle gigota un moment, puis ses membres se raidirent et, d'un coup, se relâchèrent comme ceux d'une poupée désarticulée. Elle ne bougeait plus. Victor, lui, soufflait à perdre haleine, un filet de sang ruisselant le long de son oreille coupée. Pour la troisième fois, il venait de tuer. Il arracha les habits de Maria, baissa son pantalon et pénétra le corps inerte. Un râle de satisfaction sortit de sa gorge quand il se retira. Il s'assit à côté du cadavre et observa quelques minutes la peau claire de sa victime qui luisait sous les reflets de la lune. Victor la trouva très belle. Il fourra les vêtements de la jeune femme sous sa chemise, et saisissant le corps nu, il le hissa sur ses épaules. Il devait faire vite pour effacer les traces de son forfait. Si on retrouvait la fille assassinée, un lien avec le crime d'Anita Vulpescu pouvait être établi. La police risquait de revenir fouiller la maison des Luca. Or Victor ne voulait pas inquiéter Eugenia. Si *Mamă* Luca était encore de ce monde, elle n'aurait pas apprécié que l'on importune sa famille. Il ne fallait prendre aucun risque. Maria Tene devait disparaître, et personne ne devait jamais la retrouver.

Quand Victor arriva à *La Fosse aux Lions* avec le corps sur son dos, la nuit commençait déjà à se dissiper. Un épais brouillard recouvrait l'étendue encore endormie. Une colonie de souchets traversa le lac. Leur déplacement était si léger que l'onde se rida à peine à leur passage. Victor Luca savait que l'apparition matinale des canards sauvages annonçait le lever du jour. Il devait agir vite car, dans moins d'une heure, il serait peut-être trop tard. Il se souvint de la barque que Daniel cachait sous les branchages. Il lui suffirait de glisser au fil de l'eau jusqu'au milieu de *La Fosse* et d'y jeter la malheureuse. Victor tira l'embarcation de son trou. Des filins reposaient dans son fond. Il s'en servit pour ligoter le corps à une énorme pierre, puis le hissa dans la barque et commença à ramer vers le large. Arrivé à bonne distance de la rive, il vérifia que les cordages étaient bien serrés et les nœuds solidement noués. Il caressa de sa main la peau de Maria lacérée par ses attaches. Il la souleva et la fit basculer par-dessus bord. Le corps flotta quelques secondes à la surface, puis coula à pic en dessinant des tourbillons dans l'eau. *La Fosse aux Lions* se réveilla dans l'obscurité. Des éclairs colorés illuminèrent le fond du lac, donnant l'impression que l'endroit s'était chargé d'électricité. Comme une foudre venue des profondeurs, des flashes de lumière remontèrent jusqu'à la surface, mettant l'eau en ébullition. Victor observa un moment la scène, émerveillé par le spectacle. Même si la barque tanguait sous son poids, il n'avait pas peur. Il savait que *La Fosse* ne lui ferait aucun mal car elle avait besoin de lui, tout comme lui pouvait compter sur elle pour effacer ses erreurs. Après quelques minutes d'agitation, le lac retrouva son aspect habituel. Son forfait accompli, Victor regagna la berge pour replacer la barque dans sa cachette, avant que Daniel ne s'aperçoive de sa présence à proximité de l'ermitage. Une fois le petit bateau dissimulé, il rentra à la maison en emportant les habits de Maria.

## II

Les volets entrouverts de la chambre laissaient filtrer de fins rayons de soleil qui transformaient les silhouettes des deux amants en d'étranges ombres chinoises. Le blouson en cuir du brigadier gisait au pied du lit. Sur la table de chevet, le gros ceinturon, harnaché du pistolet, des deux chargeurs et d'une paire de menottes, retombait jusqu'au plancher. Le policier s'était probablement déshabillé avec précipitation et avait abandonné là tout son attirail. A moins que ce ne fût sa maîtresse qui lui ait arraché son uniforme avant de le pousser sur le lit. Sur le sol, à côté du képi, on pouvait apercevoir une matraque et un récepteur radio qui traînaient sur les tapis. Enlacés, les deux corps nus se frôlaient avec passion. Le policier se balançait dans un vigoureux va-et-vient qui s'accélérait au rythme de sa respiration saccadée. De ses jambes musclées, la femme serrait l'homme allongé sur elle. Elle ferma les paupières et, quand elle sentit qu'il la possédait, laissa échapper un cri de plaisir. Il était plus de trois heures et le couple avait passé une bonne partie de l'après-midi à faire l'amour. Simion venait de plus en plus souvent jusqu'ici pour y rencontrer Dana. Leur liaison durait depuis près d'une année et ils étaient persuadés que tout le monde à Slobozia l'ignorait.

Vers quatre heures, un bruit sourd retentit contre la porte.

— Tu attends quelqu'un ? demanda Simion, d'un air inquiet.

— Non. A part toi, les visites sont rares.

Dana décrocha le loquet et entrouvrit le portillon. Ismaïl se tenait sur le seuil, le regard saillant. Ses yeux, effilés comme des rasoirs, semblaient la transpercer. Un large sourire rendait son visage encore plus inquiétant.

— Que veux-tu, sorcier ?

— Je dois parler à Simion Pop.

Elle hésita un instant.

— Le brigadier ?

— Je sais qu'il est là. Dis-lui qu'une femme a disparu.

A ces mots, Simion bondit du lit et quitta la chambre encore débraillé.

— Une femme ? De qui s'agit-il ?

— Maria Tene, l'institutrice, précisa Ismaïl.

— C'est peut-être son prince charmant qui a fini par l'enlever, ironisa Dana.

— Depuis quand ne l'a-t-on pas revue ? reprit Simion.

— On l'a aperçue hier soir dans le village. Puis, plus rien.

Simion prenait l'affaire au sérieux. S'il n'était pas rare de retrouver des ivrognes perdus dans les bois

154

deux jours après une beuverie, il n'en allait pas de même avec une jeune institutrice. On ne lui connaissait aucun écart. Pour le brigadier, la situation était préoccupante. Quand il arriva au centre de Slobozia, une foule se massa autour de lui, chaque villageois y allant de son commentaire.

— Mon beau-frère m'a dit qu'il avait vu une voiture noire traverser le village hier soir, affirma un homme. Elle a rôdé dans les rues un moment, puis elle est repartie.

— Ton beau-frère, on le connaît ! répliqua un second. Il était encore ivre !

— Il paraît que l'institutrice marchait au bras d'un homme en lisière du bois, ajouta une femme. Un type que personne ne connaissait ! C'est tout de même bizarre, un étranger à Slobozia…

Une autre femme qui s'impatientait pour donner sa version s'exclama :

— Moi, je crois qu'elle s'est suicidée !

— *Doamne !* Quel malheur ! soupira une vieille paysanne en se signant.

— Oui, SUI-CI-DÉE ! Vous trouvez ça normal, d'être toujours seule à son âge ! Elle a dû se pendre à un arbre. Comme ça ! dit-elle en mimant le geste.

— Si elle s'était pendue, on aurait retrouvé son corps…

— Les arbres, c'est pas ce qui manque dans cette forêt !

La discussion s'animait de plus belle quand, alerté par le raffut, Ion Fătu sortit de l'église. Mis au courant de la situation, son interprétation ne laissa planer aucun doute.

— Etes-vous donc aveugles ? C'est ce marginal qui a fait le coup ! Ce Daniel.

Un silence de mort se fit dans l'assemblée.

— J'ai entendu parler de cet homme, dit Simion. A ce qu'on m'a dit, il a l'air bien paisible.

— C'est un imposteur ! reprit Fătu. Je sais qu'il est mêlé à la disparition de l'institutrice.

— Comment cela ? demanda le policier.

— J'ai mes sources. Mais je suis aussi tenu au secret de la confession.

Personne n'osa contester sa version des faits. Les femmes firent toutes un signe de croix, comme pour exorciser le malheur que le prêtre annonçait.

— Alors ne perdons pas plus de temps, lança quelqu'un. Tous à *La Fosse aux Lions* !

Dans un grand brouhaha, les villageois se mirent en marche. Simion n'était pas convaincu de l'implication de Daniel dans cette disparition, mais il devait les accompagner, au moins pour éviter un lynchage.

Daniel était assis sur un gros rondin de bois, le dos courbé, les coudes appuyés sur sa table de fortune. Un cahier était ouvert face à lui. Sa main semblait glisser sur le papier jauni. L'homme écrivait d'un trait, sans s'interrompre, noircissant les pages une à une. Puis il s'arrêtait, méditait un instant et reprenait sa copie. Ses yeux rougis par des larmes trop longtemps contenues laissaient transparaître la part de lui-même qu'il livrait entre ces lignes. Car Daniel vivait pour écrire. Il voulait laisser un témoignage. Seule l'écriture le poussait encore à poursuivre cette vie de supplice. Et s'il avait choisi cette réclusion volontaire, c'est qu'il espérait une rédemption. Chaque jour, Daniel expiait ses fautes de tout son corps et de tout son esprit. Ses membres fourbus subissaient les affres de la privation ; quant à son esprit, il devait supporter les tourments de sa conscience. Daniel avait faim. Disette de pain et soif de Dieu. Sa peau était rongée par les piqûres que des nuées de moustiques lui infligeaient. Pourtant, il savait que ce n'était rien à côté de ce qui l'attendait en hiver. Le froid, le gel, le manque de nourriture. Comment résister à ce calvaire ? Il suppliait le Ciel de l'aider. Mais la Providence ne répondait pas toujours à ses prières. Pour lui, l'absence de Dieu était peut-être pire que l'isolement. En la compagnie du Très-Haut, Daniel pouvait accepter d'avoir le ventre vide. Mais sans Sa présence réconfortante, l'existence de l'ermite perdait tout son sens. Un dicton dit que si Dieu répond aux demandes de ceux qui l'implorent, Il le fait toujours avec cinq minutes de retard. Sans doute pour éprouver la foi de ses fidèles. Or, dans l'éternité du temps divin, cinq minutes peuvent durer cinq jours, cinq semaines ou cinq années. Daniel devait donc s'armer de patience. Il devait aussi apprendre l'humilité. Sans cela, il savait qu'il ne tiendrait pas longtemps. Il finirait même par oublier la raison de son exil au fond de cette forêt humide, près de ce lac, à la fois si beau et si angoissant. Et gagné par le désespoir, un jour viendrait où il se jetterait à l'eau, une grosse pierre attachée à son cou. Tel est le destin des ascètes ratés. Oubliés des hommes et oubliés de Dieu. Une véritable malédiction. Daniel prit sa tête entre ses mains et cria :

— *Doamne*, donne-moi un signe ! Dis-moi si je dois vivre ou mourir !

Le vacarme des villageois qui approchaient le sortit de sa méditation. Il se leva et vit converger vers lui la troupe vociférante.

— Il est là-bas ! Juste au bord du lac.

Les hommes levèrent le poing en l'apercevant. Quand le groupe arriva à son niveau, Daniel les regarda sans bouger. L'un des hommes commença l'interrogatoire :

— Salaud ! Où est la fille ?

Daniel ne sut que répondre, ne comprenant pas ce qu'ils lui voulaient. Un deuxième l'attrapa par le col et lui flanqua un violent coup de poing dans la mâchoire. Daniel laissa échapper un grognement de douleur. Il toussa en crachant un filet de sang, quand un autre coup le heurta au visage, suivi d'une violente estocade aux jambes. Les hommes l'avaient encerclé comme des fauves sortis de cage. Daniel tomba à genoux. Il ne résisterait pas longtemps à ce déchaînement de haine. Etait-ce là le signe que Dieu lui envoyait ? Pour une fois, la réponse était arrivée dans les cinq minutes ! Un claquement sec retentit dans ce tumulte. Les attaques cessèrent. Daniel redressa la tête et vit Simion Pop, le bras levé, qui venait de tirer en l'air pour interrompre le massacre.

— Maintenant, silence ! cria le policier. Il y a une loi dans ce pays. S'il est coupable, il sera jugé.

— Eh ! Brigadier, on n'est plus au temps de Ceauşescu ! lui répondit un villageois. On est en démocratie !

— Ouais ! En démocratie, chacun fait sa loi, reprit un autre. Alors c'est nous qui allons le juger.

— Pour l'instant, la loi c'est moi, avertit Simion. Alors celui qui bouge, je l'abats !

Les paysans firent un pas en arrière en se regardant entre eux. Chacun avait compris la détermination du policier. Aussi le calme revint-il dans les esprits.

— Vous allez fouiller la cabane pendant que je l'interroge, ordonna le brigadier.

Alors que le groupe s'exécutait, Simion aida Daniel à se relever.

— As-tu vu Maria Tene ?

— Je ne la connais pas.

— C'est l'institutrice du village. Elle a disparu depuis hier.

— Je n'ai vu aucune femme.

Simion saisit la bible qui était sur la table et la donna à l'ermite.

— Je connais tes croyances. Prête serment et je te croirai.

Daniel posa sa main sur le livre et jura :

— *Doamne*, que mon âme brûle en Enfer si je mens…

— Qu'est-ce qui nous prouve qu'il dit la vérité ? objecta un villageois.

— Il dit vrai, rétorqua le policier. Que donne la fouille ?

— Rien. Aucune trace.

Simion jeta un œil dans la cabane et fut surpris par le dénuement dans lequel vivait le solitaire.

— Demain, je ferai venir les chiens policiers et nous lancerons une battue.

Le groupe quitta le lac en marmonnant, laissant Daniel tout contusionné. "Par chance, se dit-il, le policier n'avait pas ouvert la bible sur laquelle il lui avait fait prêter serment. Sinon, il aurait probablement vu la coupure de presse cachée entre les pages." Et Daniel savait que Simion n'aurait alors rien pu faire pour calmer la colère des villageois.


Ce soir-là, le berger Milan avait laissé son troupeau plus tôt que d'habitude. Il sillonna les collines en courant pour rentrer chez lui de bonne heure. Quand il passa devant la maison d'Ana Luca, le garçon fut tout de suite intrigué par les crépitements qui s'échappaient de la remise. En éclatant sous les coups de masse, les rondins claquaient comme des coups de feu dans la nuit.

"*Doamne* ! se dit Milan. La veuve est revenue chez elle et coupe son bois !"

Le berger eut si peur qu'il détala dans la forêt sans même se retourner.


Enfermé dans la grange, inlassablement, Victor élevait l'outil au-dessus de sa tête, puis le laissait retomber dans un geste brutal. Il avait besoin d'accomplir cet effort pour faire le vide. Les heures passant, les bûches s'empilaient dans la pénombre. Lorsque le tas devint trop important, il s'arrêta, et regarda la pleine lune à travers la lucarne du toit. Victor enfila sa chemise, qui colla à sa peau ruisselante de transpiration, puis sortit de la grange pour prendre l'air. Il s'allongea dans la cour et admira les étoiles dans le ciel. Il aurait voulu rêver, mais les images de la veille défilaient devant ses yeux comme des scènes d'horreur. Victor ne comprenait pas ce qui lui avait pris. Lui, d'habitude si calme, s'était senti comme possédé par un démon intérieur. Il ne voulait pas de mal à cette jeune femme et pourtant une pulsion irrésistible l'avait poussé à tuer. Pourquoi ? Il ne pouvait répondre. Son seul espoir était que l'on ne puisse jamais remonter la trace jusqu'à lui. Le corps avait disparu et Victor savait qu'il ne viendrait à l'idée de personne de sonder *La Fosse aux Lions*. De toute façon, même si un jour le cadavre était retrouvé, nul ne songerait à accuser Victor Luca, puisque Victor Luca était mort depuis vingt ans. Un murmure à peine audible glissa dans l'obscurité :

— Les chiens…

Victor bondit sur ses jambes et se redressa d'un mouvement. Du tréfonds de la nuit, une voix venait de chuchoter ces paroles. Il cligna des yeux pour tenter d'apercevoir celui qui lui parlait dans le noir.

— Qui est là ? demanda-t-il.

— Tu n'as pas pensé aux chiens…

— Quels chiens ?

— Demain, ils feront venir des chiens pour sentir les traces de la petite, dit la voix. C'est sûr qu'ils retrouveront le corps. Peut-être même que ces sales bêtes les amèneront jusqu'au meurtrier. Pour peu qu'il ait commis la bêtise d'emporter les habits de la fille avec lui…

— Les habits !… souffla Victor.

— Quel dommage ! Ils avaient fini par t'oublier…

Victor avança à tâtons dans l'opacité de la nuit, pour essayer d'entrevoir son interlocuteur.

— Pourtant, il serait si simple de les perdre, suggéra la voix.

— Comment faire ?

— Un peu d'alcool le long du chemin. Les chiens ne sauront plus où donner de la tête.

Bien sûr ! Une fois infiltré dans le sol, le liquide devient inodore pour l'homme. En revanche, les animaux seront complètement désorientés. Victor se précipita à l'intérieur de la grange et en ressortit presque aussitôt avec un vieux bidon d'alcool frelaté. Heureusement qu'ici tout le monde a un alambic caché quelque part.

— Merci l'ami ! lança-t-il dans le noir.

Mais personne ne répondit. La voix avait disparu. Victor s'engouffra en courant dans la forêt. Il devait agir vite, car il savait que la police lancerait les recherches dès l'aube. Caché derrière la palissade, Ismaïl souriait.

Les jours passèrent et l'on ne retrouva pas le corps de Maria Tene. Le poids de cette disparition mystérieuse empoisonnait la vie du village. Chacun commença à soupçonner le voisinage, et la population, d'habitude si peu méfiante, céda à une paranoïa collective. Les rumeurs les plus fantasques couraient à Slobozia. Certains parlaient de messes noires que de jeunes gens accomplissaient la nuit dans les bosquets. D'autres affirmaient connaître un témoin de ces rituels macabres. On y exécuterait des jeunes filles lors d'orgies satanistes. Tout le monde semblait bien renseigné, particulièrement les vieilles femmes. En quelques jours, Simion Pop reçut une vingtaine de lettres anonymes qui dénonçaient pêle-mêle le maire, le pope, des voisins et, bien sûr, le marginal Daniel. Pourtant l'enquête ne progressa pas, si bien que la police dut se résoudre à classer l'affaire sous le chef de "*disparition inexpliquée*".

Cela faisait déjà quarante jours qu'Ana Luca avait quitté la Terre des Vivants pour le Royaume des Morts. Selon la tradition orthodoxe, le quarantième jour qui suit le décès, l'errance de l'âme prenant fin, le défunt se présente devant le trône de Dieu pour y être jugé. Le Seigneur décide alors du devenir de l'âme dans l'attente du Jugement dernier qui, comme chacun le sait, interviendra à la fin des Temps. Il est bien connu que si les âmes des Justes montent directement aux Cieux, celles des Damnés vont tout droit en Enfer. Ce que beaucoup ignorent en revanche, c'est qu'il arrive qu'une âme se perde en chemin et, avant même de comparaître devant le redoutable tribunal du Christ, qu'elle revienne sur Terre sous la forme d'un *moroï*. Les *moroï* sont responsables de multiples calamités. Or, dans l'atmosphère délétère qui avait envahi Slobozia et faute d'explications rationnelles, de nombreux habitants n'hésitaient plus à dire que l'enlèvement de l'institutrice était le fait d'un *moroï*. Une étrange coïncidence faisait que le dernier corps mis en terre était celui d'Ana Luca, exactement quarante jours avant la disparition de Maria Tene. On fit venir le berger Milan qui raconta ce qu'il avait entendu en passant devant la maison d'Ana Luca. Tout le monde eut très peur en écoutant son histoire de fantôme qui coupait du bois en pleine nuit. Une délégation de trois hommes fut désignée pour se rendre au presbytère afin de convaincre le pope de les autoriser à déterrer les restes de la vieille femme, car seul un prêtre peut permettre une violation de sépulture. Les villageois voulaient s'assurer que la dépouille reposait bien en paix, et qu'elle n'avait pas pris l'apparence terrifiante d'un *moroï*.

Ion Fătu réfléchit en pesant le pour et le contre. Finalement, il proposa que l'on pratique d'abord l'épreuve du sabot. Après seulement, il donnerait son accord pour exhumer le corps. Le petit groupe de paysans se rendit donc au cimetière avec une jument. Chacun savait qu'un cheval pouvait piétiner un cadavre, mais qu'en revanche il refuserait obstinément de passer sur un être vivant, même endormi. Ces bêtes ont cette sorte de sixième sens qui leur permet, en présence d'un corps inerte, de discerner la présence de la vie et celle de la mort. Il suffirait donc d'amener l'animal devant le tombeau et de lui faire fouler le sépulcre. S'il le franchit sans hésitation, le trépassé a bien quitté cette vie, l'âme ayant définitivement abandonné le corps. Mais si le cheval se cabre et refuse d'avancer, alors le défunt n'est toujours pas mort. L'âme est encore présente, ce qui, passé quarante jours, signifie qu'elle est revenue dans sa chair sous la forme d'un *moroï*. Il faut alors ouvrir le cercueil.

# III

L'homme remplissait son verre de vodka et lampait l'alcool d'un trait, dans un cul-sec impressionnant. Assis en demi-cercle dans le bar, les clients buvaient des chopes de bière. A chaque gorgée, l'homme secouait la tête dans un gargouillis sonore en frappant du godet sur la table.

— Ressers-moi, patron ! s'égosillait-il entre les verres.

Un paysan s'avança vers lui et l'admonesta :

— Sandu, toi qui sais bien parler, raconte-nous le déterrement de la morte avant d'être complètement ivre.

Il resta un moment attablé en silence, puis, relevant la tête vers son auditoire impatient, il bafouilla :

— Si le pope nous a demandé de déterrer la veuve Luca, à Gheorghe et à moi, c'est parce qu'on vient de la ville. Il ne voulait pas confier ce sale boulot à quelqu'un d'ici. Il nous a juste dit que le Tzigane nous accompagnerait parce qu'il savait comment faire. Nous, on devait juste creuser.

— Fătu était donc convaincu qu'Ana Luca était devenue un *moroï* ? marmonna un villageois accoudé au comptoir.

— Pour être un *moroï*, c'en était un ! Si vous aviez vu le cheval se cabrer devant le tombeau. Gheorghe et moi peinions à le retenir par la bride. Il devenait fou dans ce cimetière.

— Tu veux dire qu'il sentait que la vieille était toujours en vie ?! bredouilla le plus jeune des fermiers.

— C'est certain qu'il y avait de la vie là-dessous, reprit Sandu.

— Alors, que s'est-il passé ?

— Ismaïl dirigeait les opérations. Pour lui, c'était pas la première fois.

— Fătu était avec vous ?

— Tu parles ! Vous connaissez le pope. Il était bien d'accord pour qu'on la déterre, mais lui n'est pas venu. Nous n'étions que tous les trois : le Tzigane, Gheorghe et moi.

— Qui a creusé ?

— C'est Gheorghe et moi. Ismaïl nous regardait avec son sourire habituel. Avant de commencer, nous avons bu une demi-bouteille de *ţuica*, pour nous donner du courage. A jeun, on n'aurait jamais pu faire ça.

— Mais bon sang, qu'as-tu vu dans cette tombe ?

Sandu s'interrompit un instant. Il se frotta les yeux avec les doigts, puis grommela :

— Alors patron, tu le sers ce verre ?

Le tavernier, curieux de connaître la suite, s'exécuta sans tarder. Instinctivement, les hommes se rapprochèrent de Sandu. Un silence impressionnant avait envahi la salle.

— Ce que j'ai vu là-bas, je préférerais l'avoir oublié.

Il marqua une courte pause pour avaler sa dose de vodka et poursuivit :

— Quand nous avons soulevé la planche du cercueil, Ana Luca semblait bien vivante. La morte avait les yeux ouverts et elle nous fixait du regard.

— Tu veux dire qu'elle n'avait pas changé ?

— Non, bien sûr. Elle était méconnaissable. Son visage était tout boursouflé. Et sa peau ! Elle était rouge comme le sang. Et si vous aviez vu ses cheveux et ses ongles ! Ils avaient continué de pousser, comme si la mort n'était jamais venue. J'ai cru voir Lucifer en personne !

Les hommes s'étaient tous arrêtés de boire pour ne rien perdre de la description.

— Mais le plus terrifiant, reprit Sandu, c'étaient les traces de griffures incrustées dans le bois du cercueil. Ana Luca s'était débattue. C'est sûr qu'elle avait essayé d'en sortir.

— *Doamne !* Et alors ?

— Ismaïl nous a dit de la transporter à l'écart du cimetière. La veuve était une petite femme, vous l'avez tous connue. Pourtant, quand on l'a déplacée, elle pesait presque cent kilos. C'était incompréhensible. On devait poser le corps tous les dix mètres. A chaque fois qu'on la soulevait, un pus jaunâtre s'écoulait de son ventre. Et l'odeur !

Les paysans avaient posé leurs verres de dégoût.

— Qu'avez-vous fait du cadavre ?

— Le Tzigane nous a ordonné de coucher la vieille sous un arbre, puis de bien regarder ce qu'il allait faire, car d'après lui, on n'était pas près de revoir ça.

— Revoir quoi ? demanda le bistrotier.

— Ismaïl a tiré son couteau du fourreau et a fait glisser la lame sous le sein gauche. D'un geste sec, il a enfoncé le poignard dans la cage thoracique, puis il l'a fait pivoter de droite à gauche. *Doamne !* Croyez-moi si vous le voulez, mais le temps de dire "ouf !" il l'avait ouverte !

A ces mots, les villageois firent tous un signe de croix.

— Ismaïl a plongé sa main entre les côtes et a attrapé le cœur. Il l'a retiré et a sectionné les veines et les artères ; un peu comme un chirurgien. On voyait bien que ce n'était pas la première fois.

Des larmes coulaient sur les joues de Sandu et ses mains tremblaient au fur et à mesure de sa narration.

— Ismaïl a ordonné de remettre la vieille dans la tombe et de la recouvrir de chaux vive. Puis il nous a dit de reboucher la fosse. Pendant qu'on pelletait, il a allumé un feu avec des branchages. Quand les flammes ont été suffisamment hautes, le Tzigane y a jeté le cœur de la vieille Luca.

Sandu versa une lampée d'alcool dans son verre et reprit ses révélations :

— Mais c'était pas fini. Alors que le cœur brûlait dans le bûcher et que nous avions presque rempli le trou, des bruits se sont fait entendre. Le cadavre essayait de sortir du tombeau ! La terre fraîche remuait sous nos pieds. Vous comprenez ? Le *moroï* poussait les planches du cercueil.

— Diable ! Et après ?

— Ismaïl est arrivé en courant. Il nous a crié de nous coucher sur le sol pour l'empêcher de sortir. "Il faut tenir bon, le temps que le cœur brûle complètement", a dit le Tzigane.

Sandu transpirait à grosses gouttes. D'un geste de la main, il s'essuya le front du revers de sa chemise.

— Au bout de quelques minutes, les coups ont été moins violents. Puis ils se sont arrêtés. Ismaïl a alors poussé son cri – vous l'avez tous déjà entendu ? – et il a quitté le cimetière.

L'assistance souffla de soulagement. Cette fois-ci, le *moroï* avait été terrassé. Sandu agrippa la bouteille de vodka et porta le goulot à ses lèvres. C'était fini. Les habitants de Slobozia n'avaient plus rien à craindre. Ils pouvaient dormir tranquilles. Désormais, il n'y aurait plus de disparition. Du moins l'espéraient-ils.

# IV

Le brigadier Simion Pop courait le long du sentier escarpé. Il pressait le pas, car le ciel était déjà obscurci par de gros nuages sombres. Un orage n'allait pas tarder à éclater. Il voulait atteindre *La Fosse aux Lions* avant la tempête. Il ne savait pas au juste ce qui le poussait à revoir Daniel – la culpabilité sans doute, la curiosité aussi –, mais il devait y retourner. Le policier avait honte du comportement violent des villageois. Il croyait en l'innocence de l'ermite et voulait s'excuser pour la bastonnade que lui avait réservée la troupe en colère. Au fond de lui, il voyait Daniel comme un homme inoffensif. Un marginal ne fait pas forcément un coupable. De toute façon, aucune preuve ne pouvait être retenue contre lui. Quand il arriva à l'ermitage, Daniel se tenait en prière au bord du lac. Il était assis sur un rocher, le dos courbé, la tête baissée contre la poitrine. Simion resta un moment à bonne distance pour observer la scène en silence. Daniel respirait lentement et semblait psalmodier inlassablement la même phrase à voix basse. De temps à autre, il ponctuait sa litanie par un large signe de croix. Comme la pluie commençait à tomber, Simion se décida à l'interrompre.

— Puis-je te parler ?

Daniel se redressa en sursautant.

— Tu viens finir le travail de l'autre jour, brigadier ?

— Je suis désolé pour ce qui est arrivé, répondit Simion.

— J'espère que l'on retrouvera l'institutrice.

Simion acquiesça.

— L'orage arrive, entrons dans ma cabane, dit Daniel. Nous y serons à l'abri.

Pour la seconde fois, Simion pénétra dans l'ermitage. La cahute était minuscule et inconfortable. En voyant de nouveau cette misère, le policier se sentit encore plus gêné du traitement que les paysans avaient infligé au solitaire. Sa condition était déjà si dure qu'il n'avait pas besoin de la calomnie et des coups.

— Comment peux-tu vivre dans ces conditions ? demanda le brigadier.

— Le confort ne me manque guère. Et puis j'ai la présence de Dieu.

— Parce que tu crois que Dieu vit dans cette forêt ?

— Dieu est partout chez lui. Disons qu'ici, le contact est plus direct.

— C'est vrai qu'il n'y a pas beaucoup de distractions dans ces bois ! reconnut Simion.

— Ici je peux prier sans cesse.

— Prier sans cesse ? C'est impossible !

172

— Si tu répètes tout le temps la même prière, alors c'est possible.

— Donc tu es un saint ! lança Simion sur le ton de la plaisanterie.

— Non, je reste un pécheur. Chaque jour, je me bats contre le Diable.

— Parce qu'en plus tu vois le Diable !

— Oui, il vient souvent me provoquer jusqu'ici.

— Et à quoi ressemble-t-il ?

— Parfois, il prend l'apparence d'animaux sauvages, comme des loups ou des serpents. D'autres fois, c'est un *moroï* qui me rend visite.

— Un *moroï* ! Tu te moques de moi.

— Je ne plaisante pas, dit Daniel. Souvent, il vient frapper jusqu'à ma porte avec son visage terrifiant.

— Dans ces cas-là, que fais-tu ?

— Je reste blotti à l'intérieur et je prie sans relâche.

Simion ne parlait plus. L'inquiétude le gagnait. Le temps avait passé si vite que le soir était déjà tombé sur la forêt. La pluie lacérait les murs de la cabane.

— J'espère ne pas t'avoir effrayé, s'excusa Daniel.

— Tout ça, ce n'est que de l'imagination… rétorqua Simion en scrutant le ciel. J'espère que la pluie va s'arrêter. Je voudrais être de retour au village avant minuit.

— L'orage ne fait que commencer. Nous avons encore le temps…

Au fond, le brigadier n'avait pas vraiment envie de partir. Il se tourna vers Daniel et lui lança :

— Donc, tu penses que l'on peut chasser les démons sans rien faire ?

— Je n'ai pas dit cela. Je crois que dans l'épreuve il faut savoir lâcher prise : s'abandonner à la Providence.

— Ta philosophie est dure à comprendre.

— Ecoute bien, brigadier : un jour, un moine de l'Athos en avait assez de se battre contre le Démon. Il demanda au Ciel de l'aider. Sais-tu ce que Dieu lui répondit ?

Simion attendait la réponse avec impatience.

— Le sage entendit une voix lui murmurer : "Tiens ton esprit en Enfer et ne désespère pas !"

— Quel étrange message…

Simion était intrigué.

— Il est tard, dit Daniel. L'averse inonde déjà la forêt. Reste ici cette nuit. Personne n'en saura rien. Tu repartiras à l'aube.

Simion s'allongea sur la paillasse et Daniel déploya une couverture sur lui. Aucun des deux ne ferma l'œil de la nuit. Simion tressaillait au rythme des éclairs qui fendaient le ciel en se répétant les paroles du *starets* : "Tiens ton esprit en Enfer et ne désespère pas !" Assis sur le sol, Daniel priait en marmonnant inlassablement les mêmes mots. Comme un enfant, le policier se sentait rassuré par la présence de l'ascète. Encore un coup de tonnerre. Il avait eu raison de rester, bien à l'abri dans l'ermitage.

D'ailleurs, qui oserait s'aventurer dans les bois par une telle nuit de tempête ?

La boue recouvrait déjà ses jambes quand Victor traversa la forêt. Il avançait à grand-peine à travers l'enchevêtrement de ronces et de broussailles. Par moments, la pluie le fouettait si fort qu'elle le contraignait à s'abriter sous un arbre. L'eau coulait le long de sa barbe et, bien que transi de froid, il continuait à avancer sous le crachin. Il longea *La Fosse aux Lions* et écouta le clapotis de l'averse à la surface du lac. Les grondements sourds de l'orage avaient fait fuir les animaux loin de la rive. Il repoussa de ses bras puissants les roseaux pour se frayer une voie dans la végétation. Il tenait dans sa main une bêche qu'il faisait tourner machinalement autour de lui en de larges moulinets. Il écartait ainsi les branches qui gênaient son passage. A le voir ainsi gesticuler, on aurait pu croire qu'il avait perdu la raison. En fait, il avait appris ce que les trois hommes avaient fait subir à la dépouille de la pauvre Ana : l'exhumation du corps sans ménagement et la profanation du cadavre. Tout ceci lui était insupportable. Il allait de ce pas au cimetière pour déterrer les restes de sa mère afin de les ramener près de la maison. Derrière la ferme, *Mamă Luca* pourrait enfin reposer en paix, loin de ces villageois malfaisants. Et si par malheur il croisait Ismaïl, personne ne l'empêcherait de fendre le crâne de ce maudit sorcier. Il hurla dans la tempête : "*Mamă !*

Pourquoi t'ont-ils fait cela ? Toi qui as toujours été si bonne…"

Victor déambulait dans la forêt comme enivré par la douleur. D'un pas chaotique, il remonta vers le cimetière pour mettre à exécution son terrible plan. Son dos était harnaché de grosses cordes, prudemment apportées pour transporter le cercueil. Dans sa main gauche, un bidon d'alcool pour effacer les traces de son passage. Même si on découvrait la profanation de la sépulture, il serait impossible de remonter jusqu'à lui. De toute façon, la pluie battante dissiperait l'odeur. Après le meurtre de Maria Tene, l'épisode des chiens policiers lui avait servi de leçon. Victor marchait à toute vitesse quand il aperçut le cimetière. Le bosquet s'ouvrait sur des croix que l'on pouvait distinguer à la lumière des éclairs. Une averse incessante s'abattait sur les caveaux. Victor remarqua un halo de lumière qui brillait dans le noir. Il s'immobilisa un instant, puis décida de s'en approcher. Caché derrière un buisson, il scruta la lueur. Une vieille Dacia était garée à quelques mètres des tombes. Les roues du véhicule semblaient enlisées dans ce cloaque boueux. Seule la lampe du plafonnier éclairait l'habitacle. Une musique populaire s'échappait des haut-parleurs. Victor s'avança plus près et colla son visage contre la vitre. "Oh, mon Dieu !" s'exclama-t-il.

A l'intérieur, deux adolescents nus s'enlaçaient langoureusement. Victor fit un pas en arrière, mais comprit que les occupants ne l'avaient pas remarqué. Trop accaparés par leur étreinte, étourdis par le rythme entêtant de la radio, ils ne voyaient pas le visage hirsute de Victor qui les observait. Il se rapprocha encore et regarda la scène avec délectation. Le couple s'était probablement aventuré jusque-là pour la tranquillité du lieu puis surpris par l'orage, il s'était sans doute laissé prendre au piège de la boue et n'avait pu repartir. Un large sourire se dessina sur le visage de Victor. Il avait presque oublié le motif de son expédition nocturne. La beauté de ces corps jeunes et sensuels le fascinait. Allongé sur le dos, le garçon gardait les yeux fermés. Assise sur lui, la fille ondulait tel un reptile, sur les vibrations saccadées de la mélodie. Ses longs cheveux blonds dansaient le long de son dos jusqu'à ses hanches. L'adolescente tortillait du bassin dans un balancement lent et appliqué, resserrant vigoureusement ses cuisses sur le garçon, lorsqu'elle le devinait prêt à en finir. Victor sentait le plaisir monter en lui. Il repensa à l'institutrice et à cette odeur irrésistible qui l'avait enivré dans la forêt. Son sang frappait fort contre ses tempes et la forme dure qui déformait son pantalon lui faisait presque mal entre les jambes. Il se remémorait les sensations froides de son étreinte avec le corps sans vie de Maria Tene. Il revoyait cette peau si blanche, si pure sous les reflets de la lune. Dans la voiture, l'adolescente, montée à califourchon sur le garçon, prenait son plaisir. Les yeux fermés et la tête renversée en arrière, le jeune homme laissait échapper un soupir de satisfaction à chacun des à-coups. Victor n'en pouvait plus. Il devait toucher la fille, juste la caresser, à peine la frôler, mais au moins effleurer cette peau si sensuelle. Il saisit la poignée, entrouvrit la portière, et glissa sa main à l'intérieur. La radio crachait son tintamarre de plus belle. Ses doigts se promenèrent un instant sur la chevelure dorée. Pour Victor, l'instant était magique, presque irréel. Il lui parut durer une éternité. Il allait retirer sa main, quand le garçon ouvrit les yeux.

# V

Allongé sur le lit de la chambre, Victor écoutait les trombes d'eau tomber dans la cour. Comme une traînée de suie, la nuit avait tout recouvert : la forêt, le village, la petite maison et ceux qui y vivaient. Victor essaya de se remémorer le soir du drame. Les idées n'étaient toujours pas claires dans son esprit. Il repensa aux deux adolescents dans la voiture. Il n'avait pas voulu leur faire de mal, mais tout avait été si vite. Les images défilaient dans le désordre, s'entrechoquant dans sa tête comme des billes de plomb. Il s'efforçait de remettre de l'ordre dans ses souvenirs pour comprendre l'enchaînement des faits. Il se souvenait du cri paniqué de la fille quand elle avait aperçu son visage repoussant à travers le pare-brise. Victor aurait pu fuir, il était encore temps. Mais, bizarrement, il était resté planté devant la Dacia sans bouger. Le gars avait bondi hors du véhicule à moitié nu, peut-être pour repousser Victor. Cet avorton espérait-il impressionner "Bœuf muet" ? Victor avait dû réagir vite. Les adolescents l'avaient vu, et même s'ils étaient trop jeunes pour le reconnaître, leur témoignage aurait sûrement alerté les autorités. A Slobozia, tout le monde se connaissait. Alors, un inconnu aux allures de sauvage qui déambule la nuit près des cimetières, ça risquait d'éveiller les soupçons. Le merdeux était devenu agressif. La fille l'excitait en hurlant des choses insensées : "Donne-lui une bonne leçon, casse-lui la gueule !"

Le gamin n'aurait pas dû s'approcher. C'est là que tout avait dérapé. Victor se souvenait des hurlements dans le cimetière, des sanglots, des supplications, puis plus rien. Pendant un bref instant, le jeune homme s'était convulsionné au sol. Victor l'avait violemment frappé à la tête mais cela n'avait pas suffi à le réduire au silence. Il avait continué à glapir en recrachant des vomissures. Quand Victor s'était avancé vers lui en brandissant sa bêche comme un cimeterre, il aurait pourtant dû comprendre qu'il devait se taire.

"La ferme !"

La tête du gars coincée sous sa botte, Victor avait armé l'outil au-dessus de l'épaule et, d'un mouvement sec, l'avait fait pivoter vers le bas. La partie métallique, plate et tranchante, s'était logée dans le front du garçon, lui défonçant la boîte crânienne sous le choc. Recroquevillée contre un arbre, la fille avait ravalé ses insultes. Maintenant, elle suppliait qu'on lui vienne en aide. Comme si quelqu'un pouvait encore la sauver… Victor ne supportait pas ces jérémiades. Il lui a dit de se taire, mais elle s'est mise à crier de plus belle. Si au moins elle avait essayé de s'enfuir, il n'aurait peut-être pas cherché à la rattraper. Mais cette idiote ne bougeait même pas. Quand il s'est avancé vers elle, l'adolescente l'a simplement regardé approcher, paralysée par la terreur de cette bêche maculée de sang. Victor s'est dit que, comme tous les enfants trop gâtés, cette môme ne savait que pleurnicher. Alors il a fait tourner l'outil au-dessus de sa tête et la bêche a fendu l'air dans un sifflement strident. Victor était convaincu que cette gamine était mauvaise, comme d'ailleurs tous les villageois. Sans la connaître, il la détestait. Le plat du métal a heurté la tête de la fille une première fois, puis Victor l'a frappée encore une fois, et une troisième. Au quatrième choc, le corps était noyé dans une mare de sang. Victor se sentait soulagé car, enfin, elle ne gémissait plus. Il réfléchit et se dit en lui-même qu'elle l'avait bien cherché. Après tout, c'est elle qui l'avait provoqué par son comportement obscène. Copuler comme des bêtes dans une voiture, juste à côté de la tombe de sa mère ! Victor avait honte pour elle. Il regretta que les habitants de Slobozia soient aussi méchants. Pourquoi avoir déterré *Mamă* et lui avoir ouvert la poitrine d'une façon si abjecte ? Victor s'agitait sur le lit de la chambre, ne trouvant pas la bonne position pour s'endormir. Il sentait sous le matelas la boule que formait le sac dans lequel il avait roulé les habits ensanglantés de ses victimes. Il entendit un bruit dans la pièce d'à côté. C'était Eugenia qui se retournait dans le lit de la cuisine. Elle aussi cherchait son sommeil. Il écouta un moment le tintamarre des gouttes de pluie qui tombaient sur la tôle ondulée du vestibule, mais distingua à peine le timbre diffus des cloches du monastère qui sonnaient une heure du matin. Il s'était endormi.

Durant trois jours, Victor ne quitta pas la maison. Il resta prostré dans la chambre à noircir les pages blanches de ses cahiers d'écolier. La nuit, il n'osait plus sortir de sa cachette. Eugenia sentait que quelque chose n'allait pas, même si elle était loin d'imaginer la nature des virées nocturnes de son frère.

— Je descends au village, lui lança-t-elle sans autre précision.

— N'y va pas. Ils nous détestent.

— Mais nous sommes le 15 août, c'est la fête de la Vierge. *Mamă* n'aimerait pas nous savoir loin de l'église.

— Alors, reviens vite, supplia Victor. Je ne veux pas rester tout seul.

Eugenia caressa de sa main le front de son frère et lui demanda d'une voix douce :

— De quoi as-tu peur ?

— J'ai peur de moi, lui avoua-t-il.

Le visage d'Eugenia se figea dans un sourire forcé. La réponse lui glaça le sang. Pourquoi Victor était-il si effrayé ? Et cette institutrice que personne n'avait revue depuis plusieurs jours ? Pourvu que Victor n'y soit pas mêlé. Eugenia quitta la maison sans même jeter un regard derrière elle. Victor s'allongea sur le lit en étirant ses bras. Il fixa le plafond des yeux en se remémorant encore une fois cette soirée agitée. Il pleuvait des cordes à la surface du lac quand il était arrivé avec le premier corps sur son dos. Tel un brasier incandescent, *La Fosse aux Lions* irradiait d'une énergie magique qui donnait à l'endroit son magnétisme. Les forces obscures de la nature semblaient se regrouper en ce lieu. Victor visualisait les événements avec une grande précision, se remémorant l'histoire en boucle, pour s'assurer de n'avoir commis aucune erreur. D'abord le corps du garçon, le plus lourd mais solidement ligoté. Lesté avec un bloc de rocher, il s'était lentement enfoncé dans l'eau comme dans la gueule d'un boa qui ingère sa proie tout entière pour mieux la digérer ensuite. La fille était légère comme une plume. Un jeu d'enfant. Une grosse pierre avait suffi pour qu'elle coule à pic. Engloutie à jamais. Le bidon d'alcool frelaté avait fait le reste. Plus aucune trace. Non, vraiment Victor ne risquait rien. Il se redressa et s'assit sur le bord du lit. Il tira le sac en toile de jute de dessous le matelas et l'ouvrit. Il prit les sous-vêtements et respira leur odeur à plein nez. Il sourit en sentant le parfum de la fille qui embaumait encore la pièce d'étoffe. Victor ne savait pourquoi il aimait tant garder près de lui ces souvenirs. Puis il replaça le sac sous le matelas et sortit de la maison.

Malgré l'heure matinale, la rue principale de Slobozia grouillait déjà de monde. A l'arrivée du prêtre, un silence de mort gagna l'assemblée des fidèles réunie devant l'église. Ion Fătu bénit la foule de la main, puis se mit à chanter ce passage des psaumes :

— Chaque soir mon ennemi revient, grognant comme un chien, il rôde dans la ville !

Il déclamait les paroles en brandissant une grande croix en bois au-dessus de sa tête. Les pénitents reprenaient en chœur :

— L'ombre de la mort nous entoure. Elle nous fait toucher aux portes de l'Enfer…

La procession partait de l'église Saint-Nicolas et longeait le village. Des centaines de personnes cheminaient derrière le prêtre. Dans son agitation fébrile, Fătu transpirait à grosses gouttes. Il chantait de plus en plus fort :

— *Doamne*, brise-leur les dents dans la bouche ! Fracasse, ô Dieu, les crocs des lions !

Le chœur en transe répétait :

— Sauve ton peuple, *Doamne*, ne nous fais pas périr jusqu'au dernier…

La foule compacte avançait en rangs serrés, les enfants tenant dans leurs bras des icônes, tels des boucliers de protection. Devant la procession en marche, deux fidèles portaient un étendard à l'effigie de la Vierge, qu'ils agitaient par la hampe, pour donner du mouvement à l'étoffe. Sous cette bannière improvisée, le prêtre bénissait les fidèles inclinés sur son passage.

— Frappés de peines terribles, nous nous prosternons devant toi, Vierge pure, et nous nous réfugions sous ta puissance protectrice…

Des femmes levaient les bras au ciel, suppliant Dieu de les épargner. D'autres, comme possédées,

184

déchiraient leur tunique en clamant des louanges. Les villageois semblaient pris d'une hystérie collective que rien ne pouvait calmer. Quand Eugenia rejoignit la foule en liesse, elle fut d'abord surprise par le nombre de pèlerins. Certes, il y avait chaque année une procession pour la Vierge, mais jamais avec une telle ferveur. Eugenia se faufila dans le cortège et murmura à une paysanne :

— Quelle joie de voir tant de personnes pour la fête ! dit Eugenia.

Le visage de la vieille femme se crispa d'un air outré.

— Comment peux-tu te réjouir après ce qui s'est passé ?

— Quoi donc ?

— Tu n'es pas encore au courant ? Deux nouvelles disparitions !

— *Doamne !* s'écria Eugenia. Mais qui a disparu ?

— Deux jeunes du village. On a retrouvé leur voiture au cimetière, avec du sang partout.

Eugenia se signa et commença à comprendre.

— On n'a pas retrouvé les malheureux, reprit la vieille femme. Exactement comme pour l'institutrice.

Eugenia était comme pétrifiée par ce qu'elle entendait. "C'est dégoûtant, se dit-elle. Pourvu que Victor ne soit pas mêlé à cela. Lui qui est si gentil. Mais alors pourquoi disait-il avoir si peur ? Peur de lui-même !" Fătu reprit sa litanie :

— *Doamne*, détourne la terrible menace soulevée contre nous, apaise ta fureur, arrête ce glaive menaçant qui d'invisible façon nous retranche avant l'heure.

Eugenia secoua la tête comme pour chasser les mauvaises pensées qui assaillaient son esprit. Elle quitta la procession et courut en direction de la maison en se répétant : "Victor, dis-moi que ce n'est pas toi ! Jure-moi que tu n'y es pour rien !"

Quand elle poussa la porte de la maison et sentit la bâtisse comme vide, elle se précipita dans la chambre et appela : "Victor, tu es là ?" Aucune réponse. Il était sorti en plein jour. Quelle folie !

Un sac en toile de jute dépassait du lit de Victor. Eugenia le tira vers elle et en dénoua la ficelle. Elle plongea les mains à l'intérieur et en ressortit des sous-vêtements de femme maculés de sang. Son cri de douleur résonna jusque dans les bois : "Noooon !!! Pas toi…"

La procession touchait à sa fin quand Ion Fătu se décida à prendre la parole. Il monta sur un escabeau, car sa petite taille ne lui permettait pas d'être vu de tous. La foule s'amassa autour de lui comme pour écouter une homélie. Pour donner une plus grande solennité à l'instant, le pope bénit l'assemblée en traçant un large signe de croix de la main :

— Frères et sœurs, une grande calamité s'est abattue sur notre communauté. D'étranges disparitions nous plongent dans l'angoisse. Le Mal est là ! Nous l'avons laissé entrer et désormais il se cache parmi nous.

Chacun devinait où il voulait en venir.

— Mes amis, reprit-il, le Démon vit au fond de ces bois, tapi à l'ombre des arbres. A l'abri des regards, il peut commettre ses méfaits en toute impunité. Seule une créature inspirée par le Diable a pu faire cela. Qui à Slobozia aurait la cruauté d'enlever nos propres enfants ? Un étranger ! Voilà le coupable !

Dans un grand brouhaha, les villageois acquiescèrent de la tête.

— Oui, c'est donc bien le marginal qui vit près de *La Fosse aux Lions* ! lança un premier. Celui qu'on appelle Daniel.

— Ça ne peut être que lui ! ajouta un autre.

— Oui ! Ici, on se connaît tous. Mais lui, qui sait d'où il vient ? renchérit un troisième.

— Soyez-en sûrs, mes frères, conclut Fătu, que tant que nous n'aurons pas chassé Satan de Slobozia, les disparitions continueront.

La clameur s'éleva dans la populace quand, soudain, toutes les voix se turent. Un silence de mort gagna l'assemblée.

— Regardez ! cria un villageois. C'est Ismaïl !

Le Tzigane approchait à pas lents de la foule compacte, laissant dans son sillage une trace dans la boue. Ses yeux striés dévisageaient les pèlerins. Un large sourire déformait son visage en un rictus inquiétant. L'homme semblait tirer quelque chose derrière lui. Etait-ce un sac ? Difficile à dire. Mais quoi d'autre ?…

Chacun essaya de distinguer la forme qui roulait dans la terre.

— C'est un chien crevé ! s'écria un garçon.

— Un chien errant ! ajouta un autre. Quel mauvais présage…

Ismaïl passa devant les villageois, l'animal ligoté par une patte. Le chien était probablement mort depuis deux jours, tant l'odeur était insupportable. Quand il arriva face à Fătu, il détacha l'animal et le jeta à ses pieds.

— Eh, le pope ! Cette carcasse pourrie, c'est ton âme.

Une rumeur de réprobation s'éleva face à l'outrage. Tout le monde savait bien que Fătu n'était pas un saint, mais de là à le comparer à une charogne !

— Ne blasphème pas, menaça-t-il. Sinon…

— Sinon quoi ? dit le Tzigane. Tu veux que je révèle nos petites affaires ?

Fătu regarda l'assemblée, interloqué par autant d'audace, mais préféra ne pas répondre.

— La procession est terminée, hurla-t-il aux paroissiens. Maintenant, rentrez tous chez vous !

# VI

Eugenia Luca avait décidé de mourir. Elle ne voulait plus vivre, aussi avait-elle fixé le moment de sa mort à la troisième heure de l'après-midi. Ce n'était pas un suicide. Non, juste un passage. Elle n'aurait même pas à provoquer sa mort, car c'est elle qui viendrait la chercher. Eugenia n'aurait qu'à s'abandonner. Il lui suffirait de se laisser aller. Rien de plus. Quelle joie pour une croyante que de pouvoir se préparer dignement à ce grand voyage ! Beaucoup pensent que mourir dans son sommeil, comme pris par surprise, sans même voir venir le moment, est une grâce. C'est, au contraire, une grande malédiction. En fidèle servante du Seigneur, Eugenia voulait se préparer à rencontrer son dieu. Par la prière, elle fit d'abord la paix avec sa conscience. Les paroles récitées aux mourants par le prêtre résonnaient dans sa tête :

"Comment verrai-je l'invisible ? Comment pourrai-je soutenir cette effrayante vision ?"

Puis elle parla à *Mamă*. Eugenia lui expliqua pourquoi il était temps pour elle de la rejoindre. Elle lui avait promis de veiller sur son frère et elle l'avait fait de son mieux. "*Mamă*, pardonne-moi !" Désormais, elle savait combien Victor était mauvais. Si elle ne partait pas maintenant, elle se damnerait elle aussi. Pour Victor, le temps de la pénitence viendrait bientôt. Lui aussi allait devoir expier ses péchés. Elle aimait son frère. Au fond, elle savait qu'il n'avait pas eu de chance. Passer une vie enterré vivant n'est pas un destin enviable. Peut-être aurait-il mieux valu qu'il aille en prison. Au moins, il aurait pu faire la paix avec sa conscience. Elle ne savait plus. *Mamă* voulait tant le protéger. De tout, contre tous. Mais aujourd'hui, Eugenia voulait mourir. Ce n'était pas une fuite, ni même un abandon. Il n'y avait aucune lâcheté dans son geste. C'était juste l'ordre des choses. Il faut savoir partir.

"Comment oserai-je ouvrir les yeux ? Serai-je capable de contempler ce Maître, que sans cesse depuis ma jeunesse je n'ai cessé d'irriter ?"

Allongée sur le lit de la cuisine, face aux icônes, elle sentait une profonde torpeur la gagner. Le sommeil arrivait, comme si elle n'avait pas dormi depuis des jours. Pourtant elle restait bien éveillée, gardant une pleine conscience de ce qui se passait. Petit à petit, elle perdit le contact avec son corps. Absente à elle-même, elle ne percevait plus la pesanteur de sa chair. Il lui était impossible de bouger un bras ou simplement une jambe. D'étranges bruits agitaient la pièce, comme si un tremblement de terre faisait claquer portes et fenêtres. Des grognements sourds s'échappèrent du placard. Il paraît que c'est ainsi que la Mort s'annonce à ceux qui la cherchent, peut-être pour effrayer au dernier moment celui qui hésite encore. Mais Eugenia voulait aller jusqu'au bout.

"Je veux te voir, *Doamne*, face à face, dans ta demeure, te vénérer."

Progressivement, le vacarme s'estompa. Eugenia se voyait étendue. Son esprit n'était plus dans son corps, mais volait dans la pièce. Bizarrement, elle observait la scène, étrangère à ce qui se passait. Pâle, mais pas encore rigide, sa peau dégageait déjà la couleur pure de l'au-delà. Elle se trouva belle. Tapis aux coins de la pièce, deux nains difformes la regardaient en s'amusant. Ils s'approchèrent d'elle et se mirent à danser. Ils battaient le plancher dans une danse endiablée. Eugenia eut tellement peur d'eux qu'elle se sentit un peu ridicule. Ils étaient tellement inoffensifs. Ils prolongèrent leur étrange rituel jusqu'à ce qu'un jeune homme entre dans la pièce et les repousse de sa voix. Quel âge avait-il au juste ? Eugenia lui donnait une quinzaine d'années à peine. Etait-ce un ange ? Elle le crut. Son âme, enfin libérée, s'envola plus haut et, bien que l'on fût en plein jour, elle fut étonnée de voir qu'il faisait déjà nuit. Une obscurité oppressante entoura son corps inerte. Elle avait froid et priait.

"*Doamne,* dirige nos pas, afin que le Mal n'ait pas d'emprise sur nous."

Eugenia avançait dans les airs sans voir sa route. Un faisceau de lumière l'attirait irrésistiblement vers lui. Elle suivit sa lueur vers les hauteurs. Cette force apaisante la rassurait, car l'éclat luisait dans le noir sans l'aveugler. Eugenia aurait tellement voulu la toucher. Dans ce rayonnement luminescent, elle distingua le visage du Christ. Il se tenait à l'intérieur du halo, debout, presque de dos, comme pour lui montrer le chemin. Il tourna la tête vers elle et lui sourit. Elle désirait tant marcher vers Lui. Dans son esprit, les images se succédèrent à une cadence effrénée. Des moments de sa vie, parfois oubliés, remontaient à la surface de sa mémoire. Son enfance avec Victor. *Mamă*, toujours protectrice. Et l'ombre terrifiante du vieux Tudor Luca.

"Attends-moi !" lança-t-elle au Christ qui s'éloignait dans le flot lumineux.

Il lui tendit la main pour qu'elle l'accompagne. D'un mouvement, elle avança vers lui et ses souvenirs s'estompèrent. Encore un pas et les pensées qui la rattachaient aux vivants auraient complètement disparu.

"*Doamne*, me voilà !" proclama-t-elle.

Eugenia se mit à courir vers l'auréole dorée qui scintillait dans les ténèbres. L'éclat éblouissant du halo l'engloba complètement. L'attraction dégagée par cette puissante radiation plongea son âme dans un profond bien-être. Eugenia entendit à peine les cloches du monastère qui sonnaient la troisième heure. Elle n'hésitait plus. Elle choisit de passer de l'autre côté. Enfin, elle allait rencontrer son Epoux, pour l'éternité.

## VII

— Daniel, aide-moi ! supplia Victor qui avait gravi le sentier escarpé en courant. Il tenait le sac en toile de jute crispé entre ses doigts.

— Que t'arrive-t-il ? interrogea l'ermite.

— Elle est morte ! répondit Victor, affolé.

— Qui ça ?

— Ma petite sœur. Toute raide sur le lit de la cuisine !

— Allons vite au village pour prévenir le prêtre, ajouta Daniel en se signant.

— Aller à Slobozia ! Mais tu n'y penses pas ! Moi aussi, je suis mort !

L'ermite s'assit face à lui et regarda longuement Victor reprendre sa respiration.

— Je crois que tu ne m'as pas tout dit, murmura Daniel.

— J'ai pas voulu lui faire mal… souffla Victor.

Daniel ferma les yeux et appuya sa tête sur son poing. Victor parlait par à-coups, lâchant maladroitement un élément, puis passant à un autre, sans véritable transition. Dans son long monologue, les cheveux blonds d'Anita Vulpescu se mêlaient au parfum envoûtant de l'institutrice. Dans ce fatras verbal, Victor associait les corps des deux adolescents dans la voiture à l'ombre terrifiante de son père dans *La Fosse aux Lions*. Car le lac avait joué un rôle déterminant dans cette descente aux Enfers. Si Daniel ne saisissait pas tous les détails, il comprenait dans quelle spirale criminelle s'était fourvoyé Victor qui continuait à détailler son récit. Après quelques minutes, il ouvrit le sac rouge et en sortit les habits de ses victimes.

— Maintenant, tu connais mon histoire. Dans un jour ou deux, on s'inquiétera de ne plus voir Eugenia. Je suis pris, tu comprends ?

— Qu'attends-tu de moi ? demanda Daniel.

— Dis-moi si je peux encore sauver mon âme.

— Repose-toi un moment dans ma cabane.

Victor s'allongea sur la paillasse, mais ne retrouva pas le calme. Daniel s'était retiré au bord du lac pour entrer dans l'une de ses longues méditations. Il se tenait dans sa posture habituelle et récitait son inlassable prière :

"Seigneur Jésus-Christ, Fils de Dieu, aie pitié de moi, pécheur…"

Au bout d'une heure, il se leva et rejoignit Victor.

— J'ai la réponse à nos questions.

Victor se demanda pourquoi l'ermite parlait de "nos questions".

— Tu vas bien écouter ce que j'ai à te dire, dit Daniel. Tu ne demanderas rien et tu feras tout comme je te le commanderai.

Victor acquiesça de la tête.

— Je vais te donner ce manuscrit.

Victor prit dans ses mains le cahier d'écolier.

— J'écris ce *Journal* depuis que je suis arrivé ici. Tu vas le recopier, comme tu l'as fait pour les livres du père Ilie. Puis tu brûleras l'original.

— Mais pourquoi le mettre au feu ? s'exclama Victor.

— Je t'ai demandé de ne pas faire de remarques ! Tu attendras chez toi la venue des villageois. Dis-leur que tu écrivais, et ils te laisseront tranquille. Ne parle jamais de moi, à personne, et tout s'arrangera.

Daniel se rapprocha et lui chuchota à l'oreille :

— C'est ton nouveau départ ! La chance que tu n'as pas eue il y a vingt ans.

— Je ne comprends pas bien, dit Victor.

Ils s'embrassèrent et Daniel proclama d'un air solennel :

— Sous le regard de Dieu, nous échangeons nos destins. En te sauvant, je me sauve aussi. Mais tu dois promettre…

— Quoi donc ?

— Jure-moi que tu changeras de vie. Choisis le Bien et rejette le Mal.

— Je te le promets, car c'est ce que j'ai toujours désiré au fond de moi.

— Maintenant, rentre vite chez toi et oublie-moi.

Comme Victor s'apprêtait à partir en emportant le sac de jute, Daniel l'en empêcha :

— Laisse-le ici. Il m'appartient maintenant.

— Comment cela ?

— Ta vie devient la mienne, et ma vie est désormais la tienne.

Victor ne comprit pas ses paroles, mais reposa le sac.

Assis au bord du lac, Daniel se souvint des mots du psalmiste :

*"Si Dieu m'envoie sa grâce, je pourrai me coucher au milieu des lions qui dévorent les fils d'Adam…"*

Il n'avait plus qu'à attendre. Désormais son destin ne dépendait plus de lui, mais de la seule Providence.

# VIII

Extrait du quotidien *România libera* (La Roumanie libre) daté du 18 août 1990 :

## DISPARITIONS MYSTÉRIEUSES À SLOBOZIA : LE "TUEUR DU FOND DES BOIS" SE CACHAIT PRÈS DU VILLAGE.

*Depuis plus deux semaines, le petit village de Slobozia était le théâtre d'étranges disparitions. Après la jeune institutrice dont le corps n'a toujours pas été retrouvé, c'est au tour d'un couple d'adolescents, Irina Danu et Gigi Popescu, de susciter les plus vives inquiétudes. Les deux jeunes gens ont disparu depuis la tempête du 12 août en ne laissant que des traces de sang près de leur véhicule. Cela faisait quelques jours que les soupçons s'orientaient vers un marginal de trente-deux ans surnommé "Daniel". De son vrai nom Constantin Ica, il vivait reclus dans un abri de fortune au fond des bois, tout près d'un lac appelé La Fosse aux Lions. L'homme n'en était pas à son coup d'essai, puisqu'il était recherché depuis des années pour un crime commis en 1984.*

*C'est après une soirée trop arrosée, qu'Ica avait battu à mort un jeune homme dans une rue mal famée de Bucarest. Le fugitif était en cavale depuis cette date. Celui que l'on surnomme déjà le "Tueur du fond des bois" a été confondu par les habits de ses victimes retrouvés dans sa cabane. Malheureusement, l'homme est mort noyé en tentant d'échapper au groupe de villageois qui venaient l'arrêter. La randonnée meurtrière de Constantin Ica s'achève donc sans que ce dernier ait pu révéler le mobile de ses crimes, ni le lieu où se trouvent les corps. Le lac a été sondé par la police, sans résultats.*

De notre envoyé spécial
à Slobozia,
Corneliu Apostolache

## IX

A l'étage du poste de police, Simion réfléchissait,
allongé sur son lit. Il avait bien du mal à admettre
la culpabilité de Daniel. Comment était-ce possible ? Ils avaient passé ensemble la nuit du 12 août.
L'ermite n'avait pas pu enlever les deux jeunes
gens. Pourtant les faits étaient là. Les habits des
trois victimes avaient été retrouvés dans la cabane.
Et l'article de journal que Daniel cachait dans sa
bible rappelait que l'homme avait déjà tué. D'ailleurs, le seul fait d'utiliser un nom d'emprunt suffisait à le rendre suspect. Simion s'en voulait. Lui
qui se considérait comme un bon policier aurait dû
anticiper le drame. Avait-il été trop naïf en accordant sa confiance à Daniel ? Et ce maudit pope qui
avait tout combiné dans son dos. C'est lui qui avait
excité la foule avec ses processions hystériques.
Lui, qui avait donné sa bénédiction pour ce qui devait suivre. Car Simion savait que l'exécution ne
s'était pas déroulée comme la presse l'avait relatée.
Des villageois lui avaient raconté la réalité de ce
qu'il convenait d'appeler une exécution. La populace avait battu Daniel pendant de longues minutes

pour lui faire avouer où se trouvaient les corps. Mais l'ermite avait supporté les brutalités sans rien dire. A aucun moment, il n'avait cherché à s'enfuir. C'était comme s'il avait attendu la mort qu'on lui réservait. D'après les témoins, le visage de Daniel était devenu méconnaissable. Le malheureux avait eu les dents cassées par les coups. Voyant qu'il ne parlerait pas, trois hommes avaient décidé de le noyer dans le lac. Alors que deux l'avaient tenu par les bras pour l'empêcher de se débattre, un troisième lui avait maintenu la tête sous l'eau. Il paraît que les trois larrons avaient dû s'y reprendre plusieurs fois pour le faire suffoquer. Voilà ce qui s'était réellement passé autour de *La Fosse aux Lions*. Avait-on puni un coupable, ou bien immolé un innocent ? Simion ne savait pas. La nausée lui nouait le ventre. Il se précipita dans les toilettes et vomit de toute sa gorge. Il avait l'impression de re-cracher toute la puanteur qui gangrenait Slobozia. Accoudé sur la cuvette des cabinets, il entendit le vacarme qui provenait de l'extérieur. C'est en passant la tête à la fenêtre qu'il comprit que ce n'était pas fini.

"Encore une disparition ! hurlait une femme en levant les bras au ciel. Elle gesticulait en criant l'événement que plus personne n'attendait. Daniel avait donc fait une ultime victime avant de disparaître dans les eaux du lac.

— La fille d'Ana Luca a disparu ! précisait la femme. Personne ne l'a revue depuis la fête du village !

— C'est sûr qu'il l'a tuée, comme les trois autres, ajouta une autre.

En quelques minutes, un attroupement se forma
devant la mairie. Le brigadier sortit du poste en
courant.

— Que dites-vous ? demanda Simion.

— Encore une disparition ! C'est la fille Luca,
cette fois-ci.

— A-t-on fouillé sa maison ?

— Non. Personne n'a osé y entrer.

— Alors, commençons par là ! commanda-t-il,
bien décidé cette fois-ci à prendre les choses en main.

# X

Quand la troupe arriva à la maison Luca, Simion Pop remarqua d'abord les rideaux tirés aux fenêtres, alors que la porte d'entrée était restée entrouverte, comme si quelqu'un avait pris la fuite, en oubliant de la fermer. Cela l'intrigua tellement qu'il sortit le pistolet de son étui. Comprenant que quelque chose de grave venait d'arriver, ceux qui le suivaient firent deux pas en arrière et le laissèrent aller seul de l'avant. Simion s'avança jusqu'à la porte et passa la tête à l'intérieur. Il intima aux hommes l'ordre de rester dehors, comme s'il s'attendait à découvrir un grand danger. Au bout de quelques minutes, qui parurent durer des heures, il ouvrit les rideaux et tira le battant des fenêtres en faisant signe aux autres de venir. Les villageois entrèrent à leur tour dans la maison. Une nuée de mouches les accueillit dès le seuil. En avançant plus à l'intérieur, une odeur repoussante leur sauta au visage. Avec la chaleur, le cadavre d'Eugenia commençait à sentir. Certains mirent un mouchoir sur leur nez pour supporter la puanteur de cette chair en putréfaction. La jeune femme était couchée sur le lit de la cuisine, les bras joints contre la poitrine. Elle avait les yeux grands ouverts, ce qui impressionna tout le monde. On enroula la dépouille dans une couverture afin de la transporter à l'extérieur. Puis, on jeta quelques planches dans la cour pour poser le corps dessus. Simion ordonna que l'on aille chercher une charrette pour ramener la morte à Slobozia afin de lui donner une sépulture décente. Une demi-heure plus tard, le docteur Bogdan et Ion Fătu arrivèrent ensemble, assis sur la charrette. Le médecin déshabilla le corps d'Eugenia en découpant sa tunique à l'aide de grands ciseaux. Il examina sommairement le torse et les bras et conclut à une mort par arrêt cardiaque. Soucieux de couper court à toute autre version des faits, Simion gribouilla sur son rapport de police les mots MORT NATURELLE en grosses lettres capitales. On mit ensuite un drap sur la défunte et le prêtre commença à psalmodier un chant funèbre. Les villageois retirèrent leurs chapeaux et firent un signe de croix. Il n'y a que Simion qui garda son képi sur la tête. Il retourna dans la maison et se mit à fouiller dans tous les coins pour s'assurer qu'il n'avait pas oublié un indice quelque part. Ce n'est qu'au moment de partir qu'il entendit un bruit sous le toit. Le brigadier monta sur le bureau de la chambre et poussa la trappe du plafond. Il regarda dans le galetas et distingua une forme noire, blottie dans la paille. Il appela :

— Qui est là ?

— C'est moi, dit une voix rauque.

Le policier braqua le faisceau de sa lampe torche vers l'homme et éclaira le visage hirsute de Victor Luca. Simion eut tellement peur qu'il glissa de la table et tomba par terre. Les villageois accoururent pour l'aider à se relever. L'un d'eux demanda :

— Qu'y a-t-il là-haut, brigadier ?

— Je crois bien avoir vu un fantôme.

— *Doamne !* Faisons vite venir le prêtre.

— Ce n'est pas la peine, reprit le policier en remontant sur le bureau. Je ne crois pas aux fantômes.

— Viens par ici que je te voie, cria-t-il à l'homme caché dans le grenier.

Victor se traîna jusqu'à la trappe, passa les jambes par le trou et se laissa tomber sur le plancher. Une exclamation de surprise s'éleva dans la pièce.

— Je le reconnais, dit Fătu qui avait rejoint le groupe. C'est l'inconnu du fond des bois. Celui qui prétendait s'appeler Iacov Dafula.

— Quel est ton nom ? questionna Simion.

— Je suis Victor Luca.

— Tu mens ! s'exclama l'un des paysans. Le fils Luca est mort il y a vingt ans.

— Ça alors, dit un autre. C'est vrai qu'il lui ressemble.

— C'est peut-être un *moroï* ! suggéra un troisième.

— Certainement pas, reprit l'autre, les *moroï* ne sortent que la nuit.

— Ça suffit ! s'écria Simion en lui passant les menottes. Puis il le fit grimper sur la charrette, à côté du corps de sa sœur. Le convoi descendit la colline, suivi par une horde d'enfants attirés par leurs cris :

— On a retrouvé Victor Luca !

Une vieille femme se signa au passage du convoi.

— Pourquoi crient-ils au miracle ? Ils ont trouvé un mort vivant. Quelle malédiction !

On enferma Victor au poste de police pour l'interroger, mais le prévenu ne se montra pas très loquace. Il répétait simplement :

"J'ai pas voulu lui faire mal…"

Le lendemain matin, un fourgon cellulaire arriva de Iaşi. On gara le véhicule sur la place du village, où des hommes en armes attendaient. Les villageois, qui gardaient une crainte tenace de la police, eurent si peur que, malgré la curiosité, ils rentrèrent tous se cacher dans leur maison. On transféra Victor dans un hôpital psychiatrique, officiellement pour y recevoir des soins. Le soir, la presse fut informée de la découverte. C'est alors que l'on commença à parler d'un miraculé à Slobozia.

# XI

*Zoltek,*
*Hôpital psychiatrique de Iaşi*

Les rayons du soleil qui filtraient à travers les carreaux de la fenêtre éclairaient le visage émacié de
Victor dans un halo de lumière. L'auréole dorée qui
se dessinait autour de sa tête lui donnait une vague
ressemblance avec les saints que l'on voit sur les
icônes des églises. Une infirmière lui avait coupé
les cheveux et taillé la barbe pour lui donner un aspect plus présentable. Pourtant, quand il parlait, on
pouvait mesurer à sa bouche édentée les privations
qu'il avait supportées durant ses longues années de
réclusion. Victor regarda par la fenêtre et observa les
murs blancs de l'hôpital. Il avait entendu dire qu'avant
la Révolution, ce lieu avait été un centre de torture
où la Securitate menait ses interrogatoires. Victor avait
du mal à le croire tant l'endroit lui semblait calme et
reposant. Les hommes en blouse blanche qui déam-
bulaient dans les couloirs étaient-ils d'anciens bourreaux ? Et les baignoires que l'on trouvait dans chaque
pièce avaient-elles servi à autre chose qu'à y faire la

toilette ? Un médecin entra dans la pièce et s'assit face à Victor. L'homme portait, perchées au bout du nez, de petites lunettes rondes qu'il redressait de temps en temps avec son pouce. Nerveusement, il tournait les pages d'un dossier sans parler. Puis il commença à poser ses questions.

— Pourquoi ne pas être sorti plus tôt ? demanda-t-il.

Victor s'en tenait à ce que lui avait recommandé Daniel. Il parlait peu et s'efforçait de toujours fournir la même explication.

— *Mamă* m'avait interdit de quitter la maison, répondit-il. Alors j'ai obéi.

— Bien, bien… murmura le médecin. Mais comment occupiez-vous les journées ?

— Je recopiais les livres du père Ilie.

— Pendant vingt ans !

— Je n'avais rien d'autre à faire.

Comme s'il essayait de pousser Victor à la faute, l'homme enchaînait les questions sans vraiment lui laisser le temps d'y répondre.

— Donc vous avez passé votre temps à recopier des manuscrits ?

— Eh bien… oui.

— Où sont-ils aujourd'hui ? Nous n'en avons pas trouvé beaucoup dans votre grenier.

— Le père Ilie en a distribué des centaines.

— Quand ce prêtre a disparu, votre vie a dû perdre son sens ? Plus aucun livre à recopier. Pourquoi ne pas être sorti après la Révolution ? On vous aurait amnistié.

— Amnistié ? murmura Victor dans sa barbe. Je ne me suis jamais occupé de politique.

— Désormais plus aucune charge ne porte contre vous, vous êtes libre.

— Libre ? Alors je peux partir d'ici ?

— Pas tout de suite. Nous souhaiterions vous garder encore quelques jours. Quand vous serez reposé, vous pourrez rentrer chez vous.

Il se souvint de ce que lui avait conseillé Daniel : "Dis-leur que tu écrivais, ils te laisseront tranquille." Il reprit son souffle et lança à l'homme en blanc qui s'impatientait :

— Quand je n'ai plus rien eu à recopier, je me suis mis à écrire ce qui me passait par la tête.

— Comment cela ?

— J'écrivais tous les jours quelque chose.

— Vous voulez dire une sorte de journal intime ?

— Oui, c'est ça.

— Qu'en avez-vous fait ? J'aimerais beaucoup le lire.

Victor entrouvrit la sacoche qu'il portait avec lui. Il glissa sa main à l'intérieur et en retira le journal de Daniel qu'il posa devant le psychiatre. Le médecin ouvrit de grands yeux ébahis en découvrant le cahier d'écolier. Il tourna la page de couverture et lut les premières phrases.

— Votre cahier m'intéresse beaucoup, lança-t-il à Victor. Accepteriez-vous que je le lise ?

— Si vous voulez, Docteur.

Sans perdre une minute, le médecin se plongea dans la lecture du manuscrit. Victor l'observa tourner les pages avec une curiosité fébrile. D'un regard vif, le psychiatre dévorait le texte à toute vitesse comme s'il craignait que les mots ne s'effacent au fur et à mesure de sa lecture. Terriblement excité par sa découverte, le médecin ponctuait ses phrases d'un machinal "Bien, bien…". Il en avait complètement oublié l'interrogatoire de Victor. Désormais, seul le "journal" comptait. Victor se dit que si tout se passait comme Daniel l'avait promis, ils le laisseraient tranquille.

# XII

Les événements se précipitèrent à une telle vitesse que Victor sembla lui-même dépassé par le mouvement qu'il avait déclenché. Depuis la Révolution de 1989, la Roumanie ressemblait à ces îles lointaines, régulièrement dévastées par des tempêtes tropicales. Tout le pays était à reconstruire et les Roumains ne savaient pas trop par quel bout commencer. Les nouveaux dirigeants – qui n'étaient autres que les anciens camarades de Ceauşescu – confisquèrent des montagnes de richesses pour leur propre compte. Une fois repus, ils examinèrent la situation et se dirent : "Puisque le Parti n'est plus là pour encadrer la société, mieux vaut trouver autre chose…" Ils passèrent en revue toutes les institutions, l'une après l'autre, et ne purent que constater le discrédit qui les touchait toutes. Ils eurent beau retourner le problème dans tous les sens, une évidence s'imposait : faute d'un pouvoir fort, le pays risquait bien de tomber dans l'anarchie. Comme chaque jour le peuple clamait davantage sa soif de justice, certains dirigeants redoutèrent de tout perdre. Aussi décidèrent-ils de remplacer le Parti. Comme l'Eglise restait l'organisation la moins contestée, elle s'imposa d'elle-même, car les Roumains lui vouaient une confiance aveugle. Après avoir longtemps été persécutée, elle constituait désormais le centre de cette nouvelle société démocratique. La Roumanie redevint officiellement une nation chrétienne. A partir de ce moment, l'Eglise ne manqua plus de rien. Dans un pays encore en proie aux pénuries, lorsqu'il s'agissait de bâtir, l'argent ne manquait jamais, il coulait même à flots. Des plus pauvres aux plus riches, chacun versait sa dîme, le paysan comme le fonctionnaire, le milicien comme l'homme d'affaires. Tous rachetaient leur conscience avec quelques poignées de billets. Quelle était la sincérité d'un tel élan ? Difficile à dire. Une boutade en vogue racontait qu'avant la Révolution, tout le monde faisait semblant d'être athée, alors que désormais tout le monde faisait semblant d'être croyant. Ce qui était certain, c'est que l'Eglise et l'Etat tombaient peu à peu dans une relation incestueuse, qui ne semblait gêner ni l'un ni l'autre. Le pays entamait sa longue catharsis, dont Victor Luca n'était qu'un maillon. Le pays se cherchait un héros que le fugitif de Slobozia s'apprêtait à incarner. Pourtant, l'homme était loin d'être un saint. Mais il avait expié son crime, à l'image du peuple roumain qui après s'être corrompu avec le communisme, cherchait lui aussi sa repentance. Pouvait-on trouver meilleur symbole que ce criminel qui, au prix d'un long purgatoire, avait trouvé la lumière ? Le lâche Victor Luca devint un héros national. Oubliés les privilèges de la nomenklatura, amnistiés les anciens bourreaux de la Securitate, blanchis les profiteurs du marché noir, réhabilités les bureaucrates véreux, pardonnés les professeurs bien disposés à bourrer les crânes. Tout était effacé. Une véritable purge des consciences pour éviter d'avoir à faire celle des hommes. Libres ! Ils étaient tous rachetés de leurs fautes, misérables mais allégés de leur joug, toujours sous influence mais délivrés de leurs chaînes, sans véritable raison d'espérer un avenir meilleur, mais pourtant sauvés. Libres ! Tel l'esclave qui, à peine affranchi, se cherche un nouveau maître. D'ailleurs, dans une sorte d'ironique prédestination, Victor Luca n'avait-il pas accompli sa rédemption dans un village au nom prophétique de Slobozia, qui ne signifie rien d'autre que *la terre des affranchis* ?

Le journal de Daniel fut édité à l'automne, sous le titre de *La Rédemption de Victor Luca*. L'éditeur Trajan Zaharia orchestra de main de maître la campagne de promotion du livre. Au mois d'octobre 1990, une séance de dédicaces se tint dans les salons de la prestigieuse librairie d'Etat de Iaşi.

Depuis le début de l'après-midi, une foule compacte se pressait contre la porte vitrée de la *Librairie du Peuple*.

— Regardez-les, s'amusa Zaharia. Les Roumains sont tellement habitués aux files d'attente que même pour lire ils peuvent faire la queue pendant des heures !

— Ces gens ont faim d'espérance, reprit l'évêque Theofil d'un air solennel.

— S'ils attendent des jours meilleurs, ce n'est pas pour demain !

— Si *La Rédemption de Victor Luca* les aide à patienter, c'est déjà beaucoup, soupira l'évêque.

L'éditeur jubilait. Le petit homme rondouillard mesurait déjà les profits qu'il allait tirer de la vente du livre. Il souriait de toutes ses dents. Quelle idée géniale d'avoir fait venir cet évêque pour le lancement du livre ! Toute la presse locale avait fait le déplacement pour couvrir l'événement. Chacun voulait voir Victor, lui parler, et pour les plus chanceux, recevoir un conseil spirituel. Zaharia avait tout prévu de main de maître. Pas de discours. Victor n'était pas un bon orateur. Juste une brève dédicace sur la page de garde : une croix suivie des initiales *V. L.* suffirait. Il y avait au moins huit cents personnes qui attendaient dehors, alors il fallait faire vite. D'anciens agents de la Securitate assuraient un service d'ordre musclé. Au fond de la pièce, Victor trônait derrière un large bureau. A côté de lui, on avait placardé au mur une immense affiche qui reproduisait la couverture du livre : Victor en prière dans son grenier. Au-dessus du dessin, on pouvait lire en grandes lettres capitales : *LA RÉDEMPTION DE VICTOR LUCA*. Les visiteurs s'inclinaient devant Victor, presque gênés de lui tendre leurs exemplaires pour la dédicace. Une vieille femme s'approcha en boitant et tira de son cabas un cahier en lambeaux. En découvrant l'écriture sur la couverture du livret, Victor s'écria tout surpris :

— Mais c'est l'un de mes cahiers !

— Oui, *starets*. Le père Ilie Mitran me l'a donné en cachette.

— C'est l'un des tout premiers que j'ai recopiés.

— Pendant la dictature, c'est aussi grâce à cela que nous avons tenu, dit la femme, les yeux mouillés de larmes.

Victor resta sans voix. Face à l'humilité de cette simple paysanne, il eut même un peu honte du jeu auquel il se prêtait. L'éditeur débaula en trombe et la repoussa énergiquement.

— Mais elle voulait juste… balbutia Victor.

— Nous n'avons pas de temps à perdre. D'ailleurs, il y a quelqu'un qui souhaite te rencontrer.

— Ah oui ? Il veut que je lui dédicace mon livre ?

— Ne dis pas de bêtises. C'est le député Cosmovici.

— L'ancien préfet ? L'ami de Ceauşescu ?!

— Tout ça, c'est du passé ! Mais il craint que ses histoires avec l'ancien régime ne nuisent à sa carrière. Un jour, c'est sûr, il sera président. Alors il veut se donner une image, disons… plus moderne.

— Je ne fais pas de politique, dit Victor.

— Cosmovici veut juste se faire photographier avec toi.

Victor semblait tout attristé par cette effervescence.

— Allez, ne t'inquiète pas, reprit Zaharia. Tu recevras ta part du *bakchich*. Un député, ça paie toujours en dollars !


Cosmovici entra dans la librairie, accompagné de son garde du corps. Il marqua une courte pause, le temps que le photographe arrive.

— C'est bon ? demanda-t-il. Je suis bien dans le champ ?

Le photographe acquiesça d'un mouvement du menton.

— Allez-y !

Le député afficha un large sourire en se dirigeant vers Victor. Dans une poignée de main énergique, il lui secoua vigoureusement le bras et s'exclama :

— Je suis tellement honoré de vous rencontrer. Nous avons tant de points communs.

Victor ne sut que répondre. Mal à l'aise, il se contenta d'incliner poliment la tête. Cosmovici le dévisagea, en souriant de toutes ses dents comme s'il allait le mordre. L'homme était grand et costaud. Avec son front dégarni et sa large moustache qui lui barrait le visage, Victor trouva qu'il ressemblait à un Turc. Zaharia scrutait le déroulement de la rencontre d'un air inquiet. Cosmovici prit la parole :

— *Starets* Victor, vous êtes pour nous tous un modèle. Vous avez résisté car, comme moi, vous avez toujours su qu'un jour le peuple roumain se libérerait.

Une salve d'applaudissements retentit dans la salle. Cosmovici sourit. Sa manipulation fonctionnait. Son assistante, une petite femme brune, vêtue d'un austère tailleur gris, lui glissa à l'oreille :

— Parlez de l'Eglise. L'évêque vous observe…

Le politicien reprit la pose et adressa un large sourire à l'homme d'Eglise qui s'impatientait.

— Votre journal, *starets*, est un message d'espoir. Il montre à notre peuple que la reconstruction de notre pays ne pourra se faire qu'avec l'Eglise.

La démocratie et l'Eglise : voilà les deux colonnes de la Roumanie nouvelle.

L'évêque semblait se détendre un peu.

— Faites un signe de croix et partons, dit l'assistante.

Le député porta la main à son front et hésita. Il ne savait plus le faire. Il essaya de se souvenir des rudiments de pratique orthodoxe que sa grand-mère avait tenté de lui inculquer, mais il avait tout oublié. L'évêque Theofil le regarda avec suspicion. Dans le doute, Cosmovici se ravisa. Il écarta les bras en lançant un foudroyant :

— Dieu vous bénisse tous ! Dieu bénisse la Roumanie !

L'évêque resta interloqué par une telle audace. D'habitude, c'était plutôt lui qui bénissait les foules ! Le député quitta la grande librairie sous les applaudissements. Il s'engouffra dans sa limousine qui démarra en trombe. Zaharia exultait. *La Rédemption de Victor Luca* ne s'annonçait pas seulement comme un succès littéraire. Le livre risquait bien de devenir un véritable phénomène de société.

# XIV

Victor était comblé par sa nouvelle vie. Avec l'avance sur ses droits d'auteur, il avait acheté une petite maison, en plein centre du village. Tout le monde le saluait sur son passage. Même le pope s'inclinait devant lui. Le dimanche, à l'église, on lui cédait la meilleure place, juste en face du sanctuaire, tout près du trône épiscopal. Quant aux visites chez lui, elles n'étaient qu'un flot incessant. Il n'était pas rare en hiver de voir des dizaines de personnes l'attendre de l'aube à midi, transies de froid sur le pas de sa porte. Certains venaient de loin pour recevoir son enseignement spirituel. Victor aurait sans doute préféré ne pas les rencontrer. Les gens le fatiguaient. Et puis, il n'avait rien à leur dire. Pourtant il acceptait de leur parler et, à chaque fois, était surpris de constater à quel point de simples recommandations de bon sens devenaient dans sa bouche des paroles prophétiques. Certains revenaient lui rendre visite quelque temps après, pour lui témoigner leur reconnaissance. D'autres juraient que grâce au *starets*, leur vie avait enfin trouvé un sens. Il était même arrivé deux ou trois fois qu'on lui adresse de l'argent pour une guérison miraculeuse. Victor ne comprenait pas bien, car il n'accomplissait rien de particulier, mais il s'apercevait qu'à son contact, les gens devenaient plus heureux. Victor aimait cette existence, car de nouveau il se sentait utile. Cela lui rappelait l'époque où il recopiait les livres. Il avait l'impression de vivre au service du Bien. Il n'était plus troublé par ces pulsions qui lui avaient fait la guerre et l'avaient poussé à commettre de grands péchés. Daniel lui avait promis de le sauver et il l'avait effectivement fait. C'était comme un nouveau départ, une nouvelle vie en somme. Presque malgré lui, Victor était convaincu de devenir un saint. Parfois, il était un peu triste pour Daniel. Fătu avait refusé de l'enterrer à Slobozia. On disait que sa dépouille avait été jetée dans une fosse commune à Iași, comme on le fait pour les chiens errants. C'était tellement triste, et si injuste, pensait Victor. Il aurait aimé se recueillir sur la tombe de son ami quand il montait voir *Mamă* et Eugenia au cimetière. Le téléphone sonna. C'était encore ce maudit Zaharia qui le harcelait pour donner une suite à *La Rédemption*. Quelle calamité ! L'éditeur ne comprenait pas son refus. Victor avait beau lui répéter qu'il s'agissait d'une œuvre unique, qu'il ne pourrait pas écrire un autre journal, l'homme n'entendait rien. Constamment, il lui martelait l'esprit pour le convaincre de changer d'idée. A chaque occasion, Zaharia lui rappelait que son entêtement était une folie, qu'il avait de l'or au bout des doigts, qu'il n'avait pas le droit de tout gâcher, mais Victor ne l'écoutait déjà plus. Pendant des heures, il pouvait se perdre à observer la neige tomber sur le village. Cette année, l'hiver s'annonçait long. Toute cette agitation le fatiguait. Certains jours, il se disait qu'il ferait mieux de retourner dans sa maison sur la colline. Là-bas, il avait été heureux, auprès de *Mamă* et d'Eugenia. Maintenant que le froid mordant de l'hiver envahissait Slobozia, il se sentait bien seul. "*Mamă*, petite sœur, pourquoi m'avez-vous abandonné ?"

# XV

Au fond de la forêt, la maison de Dana semblait assoupie sous le poids de la neige. Comme à leur habitude, les deux amants avaient passé la soirée ensemble. Mais cette fois-ci, le cœur n'y était pas. C'est sans passion, à la va-vite, que Simion l'avait prise, comme on expédie une obligation. Allongé sur le lit, le policier fumait une cigarette en fixant le plafond. A ses côtés, sa maîtresse s'était déjà endormie depuis longtemps. Simion était trop préoccupé pour prendre du plaisir avec elle. Inlassablement, il se remémorait les événements de ces derniers mois. Il se souvenait de cette nuit presque irréelle passée dans la cabane de Daniel à parler du salut de l'âme et des tentations du Démon. Simion ne comprenait pas bien le message que l'ermite lui avait laissé. Il se répétait en boucle les paroles mystérieuses que l'homme avait prononcées peu de temps avant de mourir. Le policier voyait dans ces quelques mots une forme de mise en garde prophétique :

"Tiens ton esprit en Enfer et ne désespère pas !"

Comment un homme si croyant, si déterminé dans son choix de vie, avait-il pu commettre des crimes aussi odieux ? Après tout, aucun corps n'avait été retrouvé ; seuls les habits des disparus, à peine cachés dans la cabane, prouvaient la culpabilité de Daniel. Quelque chose ne tournait pas rond, mais il n'arrivait pas à savoir ce qui le gênait tant. Posé sur la table de chevet, Simion remarqua un livre entrouvert. Il s'agissait de *La Rédemption de Victor Luca*. Il fut un peu surpris de découvrir que Dana s'intéressait à ce genre de lecture, elle qui habituellement lisait plutôt des romans d'amour. Mais, après tout, Victor Luca était devenu une célébrité. A part Simion, tout le monde au village avait dû lire son journal. Désormais, grâce à Victor, toute la Roumanie connaissait Slobozia, le petit village moldave. On parlait même d'y organiser des pèlerinages ! Simion s'amusa. Il se demandait ce qu'il serait advenu si vingt ans plus tôt, après le meurtre d'Anita Vulpescu, il avait attrapé Victor Luca. Peut-être aurait-il contrarié la volonté de la Providence en empêchant un criminel de devenir un héros national. Il commença à feuilleter l'ouvrage en se disant que sa lecture l'aiderait peut-être à s'endormir. Le texte commençait par ces mots :

*Certains hommes quittent le tumulte du monde par amour fou de Dieu. D'autres s'arrachent à la puanteur des vanités par le désir brûlant d'aller vers le Royaume des Cieux. Mais certains fuient leur condition à cause de la multitude de leurs péchés. C'est mon cas, à moi, qui ai commis la pire des fautes. Devenu ermite par la force des choses, je comprends mieux la mystérieuse parole du Christ : "Le Royaume des Cieux se fraie une voie avec violence, et les violents s'en emparent." Cela signifie que ceux qui, encore emprisonnés par la pesanteur de leur corps, ont quand même entrepris l'ascension céleste sur l'échelle des vertus, ceux-là devront inévitablement se faire violence en acceptant de souffrir les affres de la Passion. Or, ma réclusion contrainte me pousse aux limites du supportable. Chaque jour, les plus terrifiants démons m'assaillent. Et pourtant, je ne chancelle pas, car, fidèle à ma promesse, je veille et j'attends mon Epoux. Et dans les moments de doute et d'abattement, je ne trouve de réconfort que dans la parole du sage : "Tiens ton esprit en Enfer et ne désespère pas !"*

Le livre lui tomba des mains. Les paroles de Daniel résonnaient dans sa tête.

"Tiens ton esprit en Enfer et ne désespère pas !"

Soudain, tout devenait clair. Le policier comprit enfin qui était Victor Luca, et sa découverte le terrifia.

Dana se retourna dans le lit et demanda à son amant :

"Que se passe-t-il ? Tu es tout blanc !"

# XVI

Un épais manteau neigeux recouvrait les rues de Slobozia. Dans cette paisible soirée hivernale, aucun bruit ne filtrait dans le village. Seul le son étouffé du carillon de l'église résonnait dans la vallée. Il était déjà onze heures et Victor était sur le point de se coucher quand le vrombissement d'une voiture le fit sursauter. Il se demanda qui pouvait bien lui rendre visite à une heure si tardive. Il entrouvrit la porte de sa maison, avant même que son visiteur n'ait eu le temps de frapper à la vitre. Un vent glacial s'engouffra dans le vestibule. Victor reconnut Simion Pop et lui lança :

— Salut à toi, brigadier ! Qu'est-ce qui t'amène ?

Simion était fou de rage. D'un geste violent, il poussa Victor à la renverse, qui trébucha et tomba lourdement sur le sol.

— J'ai compris ton jeu, Luca ! hurla le policier en dégainant son pistolet.

— Mais de quoi parles-tu ?

D'un coup de pied, le brigadier referma la porte et mit en joue Victor qui, péniblement, se relevait.

— C'est en lisant ça que j'ai compris qui tu étais, reprit Simion en brandissant *La Rédemption de Victor Luca*.

— Alors, c'est donc ça... souffla Victor en s'asseyant dans son fauteuil.

— C'est là, dès la première page : "Tiens ton esprit en Enfer et ne désespère pas !" C'est Daniel qui a écrit ce livre, pas toi.

— Et c'est cela que tu viens m'annoncer ?!

— Je sais que tu es le "Tueur du fond des bois".

— Ah oui ? soupira Victor en regardant Simion agiter son arme.

— Tu vas me suivre, ordonna le policier. Finie l'imposture ! Tu n'es qu'un lâche. Toute ta vie, tu as cru pouvoir échapper à la prison. Mais aujourd'hui tu es démasqué. En fait tu as juste repoussé l'échéance.

— C'est vrai que je n'ai pas écrit ce journal, reconnut Victor. Mais je n'ai rien volé.

— Tu mens !

— C'est Daniel qui m'a donné sa vie.

— Donner sa vie ?...

— Il voulait se sacrifier à ma place. Où est le mal ?

— Tu cherches à m'embrouiller, dit Simion.

— Au début, moi aussi, je n'ai pas trop compris. Mais maintenant, je sais.

— Quoi donc ?

— Pourquoi l'ermite m'a fait ce cadeau.

— Daniel était un type bien, s'énerva Simion, toi tu es un imposteur.

— Sauver son âme est une belle chose, mais sauver un autre homme est encore plus grand. Daniel voulait accomplir sa rédemption et la mienne en même temps.

— Tu veux me faire croire qu'il avait tout prévu ?

— C'était cela son secret : mourir en martyr et me racheter. Il m'a fallu du temps pour comprendre.

— Je ne te crois pas.

— Ton orgueil t'aveugle, répliqua Victor. En m'arrêtant, tu espères devenir célèbre, n'est-ce pas ?

— Je veux seulement la vérité ! cria le policier en jetant au sol *La Rédemption de Victor Luca*.

— Tu ne penses pas un instant à tous ces gens qui deviennent heureux grâce à moi. Les Roumains ont tant souffert. Ils ont besoin d'espoir. En m'emprisonnant, tu détruis leur rêve.

— Ça suffit !

— Le sacrifice de Daniel n'a donc servi à rien, soupira Victor quand le policier lui passa les menottes aux poignets.

— Le plus triste, ajouta-t-il, c'est que je voulais sincèrement devenir meilleur.

Simion le poussa hors de la maison pour le conduire jusqu'à la voiture de police. Les jambes des deux hommes s'enfonçaient profondément dans la neige, quand Victor proposa :

— Je suppose que tu veux voir les corps ?

— Où sont-ils ?

— Dans la forêt. Je vais te les montrer.

— Maintenant ?

— Ce n'est pas très loin.

— Il y a trop de neige, dit Simion en regardant autour de lui. Nous irons demain.

— Demain, il sera trop tard. Je ne parlerai plus et on ne retrouvera jamais les corps. Sans cadavres, je ne suis coupable de rien, ni pour l'institutrice ni pour les deux gamins.

Simion hésita, et réfléchit. Victor avait raison. Aucune preuve matérielle ne pesait contre lui. Juste des soupçons reposant sur le passage d'un livre, ce qui ne pèserait pas lourd devant un tribunal. Avec sa notoriété, il était certain d'être blanchi par la justice. S'il laissait passer cette occasion, le policier risquait de le regretter toute sa vie. Le danger que Victor s'échappe était nul. Le détenu avait des menottes aux poignets et il lui était impossible de partir en courant à travers la forêt, tant la couche de neige était épaisse. De toute façon, s'il tentait de s'enfuir, Simion était décidé à l'abattre.

— Allons-y tout de suite, dit le brigadier en lui faisant signe d'avancer. Je vais prendre une pelle et une pioche pour déterrer les corps.

— Pas besoin d'outils, répliqua Victor. Une simple corde suffira. Là où ils sont, tu pourras voir leur visage face à face.

Simion ne comprit pas ce qu'il sous-entendait, mais accepta de le suivre. Ils quittèrent la route du village et pénétrèrent dans les bois, remontant lentement le sentier qui menait à *La Fosse aux Lions*. Dans leur ascension, leurs jambes transies par le froid repoussaient la neige à chacun de leurs pas. Victor ouvrait la marche, suivi du policier. Un souffle glacial s'engouffrait sous leurs manteaux, les obligeant à relever leur col en fourrure pour se protéger du blizzard. Dans cette nuit glaciale des Carpates, le reflet de la lune se projetait sur la forêt enneigée, éclairant les sous-bois de sa lumière bleutée. Les deux hommes cheminaient à grand-peine, s'accordant de brèves pauses pour reprendre leur souffle puis, sans trop tarder, poursuivaient leur étrange randonnée. Ils continuèrent ainsi à avancer péniblement dans cette poudreuse, guidés par le magnétisme du lieu. Quand ils arrivèrent à *La Fosse aux Lions*, la surface du lac était calme et noire.

— Tu m'as fait une promesse, reprit Simion. Où sont les corps ?

— Ici, répondit Victor en montrant l'étendue givrée de ses mains attachées.

— Comment faire ? L'eau commence à geler.

— Il y a une barque, précisa Victor en indiquant le tas de bois mort.

— Cela ne servira à rien si nous ne pouvons pas extraire les corps de la vase.

— Fais-moi confiance.

Le policier fouilla les branchages et en retira l'embarcation qu'il poussa sur les flots. Il ordonna à son prisonnier de grimper dedans et, en quelques coups de pagaies, fit glisser la barque loin de la rive. Quand ils parvinrent au milieu du lac, Simion observa la masse d'eau qui les entourait et demanda :

— Où sont-ils maintenant ?

— Là-dessous, murmura Victor en se penchant par-dessus bord.

Le brigadier s'inclina lui aussi en braquant la lumière de sa lampe vers le fond. Il fut surpris de constater que, si la surface était lisse et sombre, les profondeurs se teintaient d'une couleur de sang, comme si un brasier brûlait dans les entrailles de *La Fosse*. Une forte odeur de soufre remonta à ses narines, provoquant chez lui un mouvement de vertige. Dans l'esprit de Victor, les images s'entrechoquaient de façon désordonnée. Il repensait à sa mère qui avait consenti à tant de sacrifices pour lui, et à petite sœur qui avait renoncé à vivre sa vie de femme pour s'occuper de ce frère criminel. "Quelle injustice !" se dit-il. Il se sentait las de toutes ses lâchetés. A force de fuir ses responsabilités, son existence avait perdu tout son sens. Il prit sa tête entre ses mains et versa quelques larmes.

— Est-ce qu'au moins tu regrettes tes crimes ? demanda Simion.

— Maudit… chuchota Victor entre ses lèvres.

— Que dis-tu ?

— Tous mes efforts ont été inutiles ! Dieu ne me sauvera pas, car je suis maudit…

En cet instant, il se sentit désespérément enchaîné au Mal, comme Daniel fut résolument attiré par le Bien. Le père Ilie avait pourtant tenté d'inverser l'ordre des choses, mais rien ne pouvait s'opposer à une malédiction. Ni le saint prêtre ni l'ermite Daniel n'auraient pu l'entraîner sur leur chemin de sainteté, car si les deux confesseurs de la foi avaient accepté leur martyre sans hésiter, lui avait toujours fui sa pénitence, en se terrant comme un lâche. Victor songea à ce maudit Tzigane qui s'était rendu complice de ses crimes en lui sauvant la mise à chaque fois qu'il risquait d'être pris. Pourquoi Ismaïl avait-il agi ainsi ? Victor se dit que le sorcier devait être le Diable en personne, toujours là où on ne l'attend pas pour accomplir le Mal. Il regarda dans *La Fosse* et, contrairement à Simion, il y distingua une forme qui se déplaçait dans le fond. Un éclair monta des profondeurs, jaillissant à la surface dans un halo luminescent. Les deux hommes jetèrent un regard autour d'eux et s'aperçurent que les bois étaient embrasés par cette lumière. Les arbres semblaient dévorés par ce feu immatériel qui jaillissait de l'eau, s'élevant jusqu'à leur cime comme dans une fournaise. Les branches des mélèzes ployaient sous le poids de la neige, comme si la forêt les saluait une dernière fois, tels des comédiens qui tirent leur révérence. Au loin, dans la vallée, ils discernèrent à peine le son étouffé des cloches du monastère qui frappaient les douze coups de minuit. L'heure fatidique où les *moroï* sortent de leurs tombes pour venir hanter les rêves des vivants. "Voici l'heure du Jugement", se dit Victor. Il s'accouda sur le bord du canot en se cramponnant de ses larges mains. Comme une vis sans fin qui, inlassablement, se noue et se dénoue, un remous d'écume se déployait en vrille sous ses yeux. Irrésistiblement, *La Fosse* l'attirait à elle. Dans ce gouffre insondable, Victor comprit l'immensité que pouvait prendre sa petite vie. Les vapeurs toxiques de soufre exhalaient leur parfum aliénant, l'attirant comme les effluves d'un puissant opiacé. Ce n'était plus de l'eau qui s'ouvrait à lui, mais un abîme d'éternité. L'agitation des flots qui secouaient la barque dans un inquiétant va-et-vient, semblait lui chuchoter à l'oreille : "Tu es à moi, tu m'appartiens…" Il resta ainsi immobile quelques secondes à regarder ces ténèbres lumineuses dans une parfaite quiétude. Victor se dit qu'il ne pouvait plus faire machine arrière. Pas cette fois-ci. Son passé et son avenir étaient là, au-dessous de lui, dans ce trou sans fond qui engloutissait les hommes et libérait leurs âmes. Il n'avait plus peur, il se sentait prêt. Enfin, il allait revoir *Mamă* et petite sœur et tout pourrait recommencer comme avant.

— Tu as encore menti, soupira Simion qui s'impatientait. Il n'y a aucun cadavre ici.

Le policier se pencha un peu trop en avant et, comme si le lac l'empoignait par le veston, il bascula tête la première par-dessus bord. Son corps s'écrasa sur la houle dans un claquement sec. Victor aurait voulu le rattraper mais il était déjà trop tard. L'eau se mit à bouillonner en absorbant sa nouvelle victime. Impuissant face à ce qui lui échappait, Victor observa l'homme couler, sans pouvoir faire le moindre geste pour le sauver. Dans sa chute, Simion admirait le scintillement des flots qui brillaient de tous leurs éclats en l'ensevelissant. Bizarrement, il restait calme. Certes, il mourait, mais l'étouffement lié à la noyade ne le gênait pas. Même s'il éprouvait la désagréable sensation de ses poumons se remplissant de liquide, il ne manifestait aucune panique. Au contraire, il se sentait léger, comme soulagé à l'idée d'enfin savoir. Au fur et à mesure qu'il se rapprochait de la source de lumière, l'eau pourtant glacée lui procurait une impression de chaleur. C'est alors qu'il vit les cadavres de l'institutrice et des deux jeunes gens, gisant tout au fond, les yeux grands ouverts, le regardant venir vers eux. Il fut surpris de constater que malgré les longs mois passés dans le lac, leurs corps étaient toujours bien conservés. Comme l'avait promis Victor, il contemplait leur visage face à face. Il ferma les paupières et leur sourit. Assis dans la barque, impuissant à changer le cours des événements, Victor assista au spectacle impressionnant de ce corps qui disparaissait dans les abysses.

## XVII

Là-haut sur la colline, un peu à l'écart du village, la maison d'Ana Luca ressemblait désormais à un lieu sans vie. La neige bloquait la porte, et les carreaux cassés aux fenêtres laissaient s'engouffrer le blizzard à l'intérieur. La bâtisse était inoccupée depuis des mois, pour être exact, depuis ce jour d'août où les villageois avaient découvert Victor Luca caché dans le grenier.

La nuit était glaciale. Victor traversa la cour en glissant sur la neige. Il constata avec tristesse l'état de la maison dont toutes les ouvertures avaient été condamnées par des planches, clouées en croisillon. D'un geste sec, il les fit sauter et poussa la porte. La cuisine était vide et froide. Le mobilier avait disparu et une fine couche de givre recouvrait le poêle. Même les icônes avaient été décrochées des murs. En revenant ici, Victor pensait reconnaître des odeurs, des sensations, la chaleur d'un foyer, tous ces petits riens qui l'auraient plongé des années en arrière, au temps du bonheur retrouvé. Mais la maison était désespérément inanimée, comme une grotte humide, un puits sans fond, un corps sans âme. Victor fit descendre l'échelle du plafond et grimpa dans le grenier. Ici, il faisait un peu plus chaud. Il s'allongea sur la paille et, roulé en boule, s'endormit comme un nouveau-né.

Le vacarme des engins de déneigement le réveilla en sursaut. Victor passa la tête par l'ouverture du toit et fut d'abord ébloui par les rayons du soleil. Il devait être une heure de l'après-midi. Il avait dormi pour tout oublier. Il se rappelait seulement l'expédition de la veille sur le lac et gardait en tête l'image de Simion englouti par les eaux. Une fois de plus, *La Fosse aux Lions* l'avait protégé. Dans la vallée, les tracteurs repoussaient de leur lame des monticules de neige qui s'élevaient au-dessus des cabines en de gros tourbillons de poudre. Victor se demanda pourquoi la route était dégagée avec autant d'empressement. Mais quand il distingua les gyrophares des voitures de police derrière les engins, il comprit que tout ce raffut était pour lui. Simion Pop avait eu le temps de prévenir quelqu'un de sa découverte. Désormais, à Slobozia, tout le monde allait être au courant. Cette fois-ci, Victor se savait pris. Il retourna se blottir dans la paille et sombra de nouveau dans un profond sommeil.

# ÉPILOGUE

Les murs blancs du monastère émergeaient à peine de l'épais brouillard qui enveloppait la vallée quand le moine commença à battre la simandre pour réveiller la communauté. Les coups de maillet claquaient dans le cloître, puis montaient en écho le long des remparts. L'homme cognait alternativement d'un côté et de l'autre de la planche en bois pour faire varier le son. La cadence s'accéléra au fur et à mesure de l'appel à la prière. Les matines devaient débuter avant l'aube. Il était important que les religieux accompagnent de leurs louanges le réveil des villageois. Puis le moine sonna les cloches. Leur tintamarre retentit dans les collines. Enfin, il n'y eut plus aucun bruit. Les hommes en noir sortirent de leurs cellules en file indienne et glissèrent telles des ombres jusqu'à la chapelle. L'air était glacial, et des nuages de vapeur s'échappaient de leur bouche.

Un battement sourd résonna dans ce silence. Quelqu'un frappait au portail. L'abbé fit signe à un frère d'aller voir. Un moine sortit du rang et se dirigea vers la porterie. Il entrouvrit la lucarne et demanda au visiteur :

— Dieu te bénisse. Que veux-tu ?

— J'implore votre hospitalité, répondit l'homme.

Le religieux referma la lucarne et se précipita vers le supérieur pour lui glisser à l'oreille les mots de l'inconnu. L'abbé fit un signe d'approbation de la tête, puis entra dans l'église pour la célébration. Le frère revint en courant jusqu'à l'embrasure de la porte où le visiteur attendait toujours dans le froid. Il fit tourner le loquet et ouvrit grand les battants du porche, mais ne reconnut pas Victor Luca.

— Sois le bienvenu, lança-t-il en guise d'accueil.

Quand Victor franchit le seuil du monastère, une rumeur s'éleva au-dessus des bois, planant comme un souffle maudit sur le village : "iiiiiiiiiuuuuuuuuu." C'était l'effroyable cri d'Ismaïl. Une fois de plus, Victor échappait au jugement des hommes. Le Diable pouvait bien s'en réjouir. Bien qu'un frisson traversât sa poitrine, Victor ne chancela pas. Il pénétra dans le cloître et la poterne se referma sur son passé. Il savait qu'une nouvelle vie commençait pour lui, et qu'ici, dans le secret de ce lieu, personne ne viendrait l'importuner. Le jour se levait sur Slobozia. Victor prêta l'oreille aux chants qui montaient du sanctuaire. Les mélismes semblaient s'envoler dans le vent. Il regarda une dernière fois la forêt. Au loin sur les collines recouvertes de neige, il distingua le toit de sa maison. S'il avait survécu vingt ans, reclus dans cette masure, il pouvait bien survivre vingt ans de plus, caché dans ce

236

monastère. Pourtant, il sentait que, tôt ou tard, une irrésistible envie de sortir s'emparerait de lui. Une nuit viendrait où un incontrôlable besoin de s'échapper le saisirait dans tout son corps. Au moins pour rendre visite à *Mamă* et à Eugenia au cimetière. Il se connaissait et savait qu'il ne pourrait pas longtemps résister à ses pulsions. Aussi, implorant Dieu, se répétait-il en lui-même :

"*Doamne*, fais que ces soirs-là, au fond des bois, je ne croise personne…"

## REMERCIEMENTS

L'auteur tient à remercier son ami Daniel Roux pour sa relecture attentive et ses conseils avisés.

# BABEL

*Extrait du catalogue*

COÉDITION ACTES SUD – LEMÉAC

Ouvrage réalisé par l'Atelier graphique Actes Sud. Achevé d'imprimer en février 2011 par Normandie Roto Impression s.a.s. 61250 Lonrai sur papier fabriqué à partir de bois provenant de forêts gérées durablement (www.fsc.org) pour le compte d'ACTES SUD, Le Méjan, place Nina-Berberova 13200 Arles.
Dépôt légal 1re édition : février 2011
N° impr. : 110558
*(Imprimé en France)*